징글맞은 연애와 그 후의 일상

김호정·김효은·송원섭·이영희·정아람 지음

연애,
그 견딜 수 없는
적나라한
진실에 대하여

징글맞은
연애와
그 후의
일상

중앙books

일러두기

책 속의 작품명은 모두 ' '로 표기했습니다.

우리의 삶을 쥐고 흔든 사랑,
당신은 연애를 어떻게 배웠습니까?

이 기획의 시작을 기억한다. 우리끼리는 이해를 했지만 대부분은 '뭘 한다는 거냐'는 반응이었다. 기자의 연애 이야기를, 각종 문화 콘텐츠와 엮어서, 솔직하고 웃기게, 그것도 익명으로 쓴다는 기획. 그럼 이건 기사인가 아닌가. 혹은 문화 비평인가? 그건 우리도 몰랐다.

태생적으로 게으른 우리는 편한 길을 골랐다. 데스크의 손을 거치지 않고, 편집까지 우리 손으로 전부 해서 신문 지면에는 안 실어도 온라인에만 출고하겠다고 말이다. 그러나 첫 회가 나갔을 때 생각보다 더 생소한 원고를 받아들었던 신문사 데스크는 그만 다음과 같은 제목을 달아놓았다. '어떤 사랑 이야기'. 우리는 이게 아니라며 기절하기 직전이었고, 제목을 다시 달았다. '연애를 ○○으로 배웠네'. 실전으로 배워야 할 연애를 드라마로, 영화로, 소설로, 가요로, 희곡으로 배

5

운 우리의 예에 관한 글이었다.

우리는 심각했다. 사랑은 한때 삶을 쥐고 흔든 주제였다. 어려웠고 고통스러웠다. 하지만 심각해야 별거 없다는 걸 우리는 이미 알았다. 그래서 스스로의 고통을 조롱하고, 죽을 것 같던 고민을 코미디로 치환하며 글을 써내려갔다. 사랑이든 연애든 그 안에 절대적인 건 없다. 똑똑한 사람일수록 천치 같은 연애를 하고, 계산적인 사람은 우연의 노예처럼 사랑을 한다. 필자들의 유일한 공통점이라면 연애의 그 어처구니없음에 동의했다는 것이다.

필자는 다섯이었다. 중앙일보 문화부에서 기사를 쓰는 기자들, 그리고 기자 출신으로 드라마를 만드는 PD. 연애라는 과목에서 이 조합은 우등생과 열등생을 한 반에 섞어놓은, 평준화 학교와 같았다. 누군지 밝힐 수 없는 필자 A는 사례를 끝없이 들고 나왔다. 슬펐던 연애, 웃겼던 연애, 허무했던 연애, 드라마 소재로도 충분한 연애. A는 가끔 나에게 알람을 울렸다.

"이번 주에 제가 쓸게요. 쓰고 싶은 게 있어요."

그러나 다른 한 명 B는 수상했다. 지난번에 썼던 연애 상대가 이번에는 얼굴에 점 하나 찍고 다시 출연한 게 분명했다. 회사 앞의 유명한 곰탕집에 갈 때마다 나는 B가 생각났다. 몇 안 되는 연애 상대를 철철이 우려먹는 B는 한정적인 연애 스토리를 놓고 노련한 글 솜씨로 프레임만 바꾸는 게 분명했다.

A는 여전히 사랑 가득한 연애를 기다리고 있고, B는 연애에 대해 공즉시색의 경지에 이르렀으며, C는 그동안 연애한 사람들과 정확히 반대의 사람과 결혼을 했다. D는 연애의 잦은 실패로 세상에 대한 해학적 자세를 견지하게 됐으며, E는 그간의 사랑을 돌아보며 인생의 참의미를 찾아가는 중이다. 그러므로 우리는 거의 모든 경우의 연애를 이 책 속에 담게 됐다고 대담하게도 자신한다.

처음엔 아무도 이해하지 못했던 우리의 기획은 결국 회사에서 상을 받았다. 반응이 좋았기 때문이다. 글이 온라인에 업데이트될 때마다 많게는 수십만 번씩 클릭을 당했다. 클릭이 올라갈 때마다 나는 이렇게 외쳤다. '얼마나 사랑이 힘들면!' 또는 '이 빌어먹을 연애!'

사랑에 목매는 시절은 고통스럽다. 하지만 짧다. 죽으라는 법은 없다. 그 시절에 습관적으로 들락날락하는 다섯의 이야기는 짧고 강렬하다. 읽는 사람들의 이야기 또한 그럴 것이라 믿는다. 보통의 인간을 대표해 사랑의 시절을 기록했음을 영광으로 여긴다. 따라서 책 서문에 등장하는 고마운 인물들 자리에 우리는 사랑을 써넣고 감사하기로 했다.

고맙다, 연애야. 사랑이라는 감정에 우리를 이토록 흠뻑 절여놔줘서!
그게 인생의 전부가 아니라는 걸 깨닫게 해줘서! 또 이렇게 책을 낼
수 있게 해줘서!

이 책에 등장하는 '연애의 상대'들에게는 감사를 전하지 않을 수 없
다. 제발 '책 잘 봤어'라며 연락하지 말길!

너를 사랑했다. 그리고 글로 잘 썼다. 고마워, 끝.

연애를 ○○으로 배운 기자 일동

차례

2

썸 타다가 멘붕되지 말자

| '내' 가 행복한 연애란

3

연애?
하고 싶다면
현명하게
하자

사랑에
대처하는 법

4

이별과 삽질도 때론 보석을 캔다

|

이별에서 얻는
주옥같은 교훈들

5

그럼에도
불구하고 우리가
고문 같은 사랑을
계속하는 이유

|

네버엔딩
러브 스토리

세상은 넓고,
이상한 남자는 더 많다!

남자의 속성

영화 '그녀'

그토록 다정하던 그 남자, 왜 말이 없나

연애를
영화로
배웠네

'까똑!'

택배만큼이나 반가운 소리가 귓전을 때렸다.

"안녕하세요? 저는 소개받고 연락드린 ○○○라고 합니다."
"아, 네 안녕하세요^^ 반갑습니다~"

며칠 전 동네 오빠를 조르고 졸라 얻어낸 소개팅남이다.

"오늘 날씨 정말 추웠는데 퇴근 잘 하셨어요?"
"네ㄱ 안 그래도 너무 추워서 빨리 집에 왔어요~"

"옷 따뜻하게 입고 다니세요. 핫팩도 꼭 챙기시고요. 올겨울 감기 정말 장난 아니거든요."

뭐지? 이 핫팩 터지는 다정다감함은.
나는 잽싸게 핫팩남의 프로필 사진을 클릭했다. 이럴 수가, 얼마 전 내한한 밴드 '테네이셔스D'의 공연 사진이다. 잭 블랙을 좋아해 몇 주 전부터 벼르고 별러 갔던 공연이었다.

"어머나! 테네이셔스D 공연 가셨었나 봐요. 저도 갔었는데!"
"와우! 저 잭 블랙 팬이거든요^^ 공연장에서 마주쳤을 수도 있었겠네요~"

이런 걸 우연이라고 하나, 운명이라고 하나. 우린 잭 블랙의 필모그래피에서 시작해 할리우드의 코미디 영화를 넘어 주성치까지 시간 가는 줄 모르고 수다를 떨었다. 이렇게 취향이 딱 맞는 남자라니. 세상에 괜찮은 남자는 다 결혼했거나, 우주 반대편에 있어 웜홀이라도 타야 하는 줄 알았는데. 한 번도 만난 적은 없지만 마음은 벌써 핫팩남과 사귀기 시작했다. 유후.

그런데 이 남자, 한 시간을 떠들었는데 만날 날짜 잡자는 말을 안 한다. 그는 황급히 끝인사를 하고 사라졌다. 그래, 오늘만 날일쏘냐. 핫팩남은 다음 날도, 다다음 날도 메시지를 보내왔다. 그날의 안부를 물

만질 수도, 끌어안을 수도 없는,
그것이 진짜 내 사랑의 미래인가.

으며 대화를 시작했고 음악과 영화, 그리고 인생 이야기가 종일 이어졌다. 이 남자는 내가 점심에 개구리 반찬을 먹었는지, 저녁 먹은 건 소화가 잘 됐는지, 회식 때 술을 많이 마신 건 아닌지 궁금해했다. 만나자는 말이 없었을 뿐 대화는 즐거웠고, 그는 따뜻했다.

그래, 나는 테어도르였다. 컴퓨터 운영체제와 사랑에 빠지는 영화 '그녀'의 남자 주인공 말이다. 미래의 어느 도시를 배경으로 펼쳐지는 이 영화에서 테어도르는 인공지능 운영체제 '사만다'와 연애를 한다. 둘은 24시간, 휴대전화나 컴퓨터로 연결되어 있다. 테어도르는 블루투스 이어폰을 끼고 온종일 사만다와 수다를 떤다.

음성으로 존재하는 사만다는 정말이지 밝고 낙천적이며 똑똑하고 사려 깊다. 테어도르에게 최적화돼 있어 밀당을 할 필요도, 싸우며 에너지를 낭비할 일도 없다. 아침에 눈뜨기 시작해서 잠들기 직전까지 둘은 가장 친한 친구이면서, 진한 연애 상대다. 심지어 섹스도 한다!

사라질 놈은 언제든 사라진다. 심지어 만나기도 전에

그렇다고 내가 핫팩남과 사랑에 빠졌다는 이야기는 절대 아니다. 그럴 리가 없다. 테어도르처럼 삶의 활력을 조금 얻었을 뿐이다. 그런데 말이다. 대화가 즐겁게 이어질수록 초조해진 것은 사실이다. 이 사람은 정녕 나를 만날 생각이 없는 것인가. 쑥스러움을 많이 타나? 혹시 구글에서 내 사진을 찾아봤나? 대화를 시작한 지 보름쯤 지났을 때 나는 더 이상 참지 못하고 말을 꺼냈다.

　　"우리 이번 주말에 볼까요?"

　　·

　　·

　　·

　　(휙)

수다쟁이던 핫팩남은 먼저 만나자는 말 한마디에 자취를 감췄다. 진 짜다. 나는 고요한 메시지 창을 분노의 눈으로 바라봤다. 갑자기 이 남자가 세상에 존재하는 사람인지 강한 의구심이 들기 시작했다. 혹 시 당신, 사이버 가수 아담이기라도 한 건가요? 흠, 사이버 가수한테 차인 기분이다.

나는 방바닥에 모로 누웠다. 그러고는 미래의 사랑에 대해 자문자답 을 해보았다. 이토록 인기가 없어서야…. 그렇다면 나는 앞으로도 계 속 혼자 살아야 할 텐데, 차라리 사만다 같은 인공지능이 빨리 개발되 기만을 기다려야 하나. 정녕 수다쟁이 로봇 따위가 나의 슬픔과 고통 을 위로해줄 수 있을까.

만질 수도 끌어안을 수도 없는, 그것이 진짜 내 사랑의 미래인가. 온라인으로 간만 보다가 떠나간 남자들이여. 당신이 진정 미래지향적 연애 상대냔 말이다.

갑자기 두려워졌다. 블루투스 이어폰을 끼고 아담과 재잘거리는 2035년쯤의 내 모습이 떠올랐기 때문이다. 양손에 거지 같은 핫팩을 들고서. 아아아악!!

나는 테어도르처럼 컴퓨터와 사랑에 빠질 자신이 없다.
사랑의 이유가 점점 더 분명해진다.
핫팩남이 그걸 알려줬다.

내게 필요한 건, 당신의 온기다.

—— 당신의 씨버러브 기자 iwannatouchyou@j*.kr

희곡 '돈 후안'

그 남자, 당신 손을 왜 잡았을까?

연애를
희곡으로
배웠네

남자 한 명 소개하겠다.

우선 집안이 쟁쟁하다. 아버지는 고위 공무원이다. 이 남자는 개인 비서를 한 명 데리고 다닌다. 잘은 몰라도 형편이 나쁘지 않아 보인다.

용맹도 하다. 자기 여자를 적에게서 지켜야 할 때면 용감하게 나서 보호해준다.

소개 고맙다고? 먼저 이름을 물어봐야 하지 않나?

이름은 '후안'이다.

성은… '돈'이다.

미안하다… 속나 안 속나 한번 속여봤다.

돈 후안, 돈 주앙, 돈 지오반니.

맞다, 바람둥이의 대명사인 그 남자다. 귀족 집안에서 태어나 몸종을 데리고 다니며 온 나라 여성에게 거짓 사랑을 속삭이고 다닌 사람! 내일 결혼하자 약속하고 오늘 도망가는 그 남자! 스페인 작가 티르소 데 몰리나의 희곡 '돈 후안'(1630)이 원조다.

내가 당신을 속인 건(무안하니까 속았다 치고) 현대판 돈 후안을 각별히 조심시키기 위해서다. 내가 만난 돈 후안만 해도 몇 명인지 모르겠다.

돈 후안은 어디에나 있다

우선 남성 A. 소개로 만나 세 번째쯤이던가 내 손 덥석 잡았다. '옳거니, 걸렸구나!' 그 다음 주부터 연락이 없다.

그리고 B. 내 차와 자기 차 번호의 마지막 숫자만 다른 것을 두고 "역시 인연이네" 하더라. "우리 엄마가 너 한번 만나자는데"라고도 했다. 그 다음 달에 내 전화 안 받았다.

나뿐 아니다. 후배들이 종종 "분명히 좋아하는 것 같았는데 왜 연락이 더 안 와요?" 하고 상담해와, 나는 대오각성의 길을 걷게 됐다.

이제 안다. 그들은 이 여자 저 여자 만나며 전국을 떠돌고 있는 돈 후안이다. 왜인지 궁금할 거다. 우선 옛날 돈 후안을 분석해보자.

당신도 떠나라.
후안이2, 후안이3, 후안이4를 만나라.
이 나라의 모든 돈 후안을 불구덩이로 보내고
괜찮은 남자가 남을 그날까지.

희곡 연구에서 17세기 작품 '돈 후안'에 관한 연구 주제는 대개 이렇다. '얘 이러는 이유가 도대체 뭐야?'(즉 '작가가 뭘 말하기 위해 이렇게 괴상한 놈을 창조했어?')

정신이 좀 이상해서 그렇다는 연구 결과가 있다. 성공한 아버지에 대한 콤플렉스가 여성 편력으로 드러났다는 결론이다. 또는 격변하는 바로크 시대적 인물이라는 분석도 있다. 집단보다 개인이 중요해지던 시대, 질서보다 감정이 중요해진 때에 새롭게 등장한 인간형 말이다. 뭐든지 간에 돈 후안을 만든 건 외부요인이다.

현실은 수급 불균형이다

그럼 21세기 한국의 돈 후안에게도 같은 질문을 던져보자. '이 남자들 도대체 왜 이러나?' '무엇이 이들을 돈 후안으로 만들었나?'
수급 불균형이다. 맞다, 또 나왔다. 지겨워도 외면 말자. 현실이니.

멀쩡한 남자가 희귀하다. 남자에게 눈, 코, 입과 직장만 있으면 만나보겠다는 여자들이 가득하다. 게다가 불황이 지속되면 빨리 결혼하겠다는 여성이 많아진다. 이른바 취집이다. 결혼 대기 여성 집단은 계속 물갈이된단 뜻이다.

남자들은 '뺑뺑이'를 돈다. 지난주에 만난 여성이 괜찮았다. 그래서 진심으로 손을 잡았다. 엄마에게도 소개해줄 생각이었다. 그런데 이번 주에 만난 여성이 더 괜찮은 걸(어린 데다가) 어떻게 하나! 주위에선 자꾸만 다른 사람도 만나보라 하고 말이다. 그렇게 돈 후안이 된다.

그러니 애틋하던 남성이 멀어져도 고민하지 말지어다.
그는 지금도 여기저기 떠돌며 여성들을 찔러보고 있다. 돈 후안인지 뭔지 정신 차릴 틈도 없이 찔러보고 있다.
자, 이제 내 눈에는 보인다. "그럼 어떡하라는 거냐!"며 화내는 당신.
뭘 어떡하나. 손가락에 침 묻히고 '돈 후안' 마지막 장을 펼쳐보라. 그는 지옥에 떨어져 죽었다. 피해자인 한 여성의 아버지가 유령으로 돌아와 저승에 끌고 가 버렸다.

순진하긴… 박수 치라는 게 아니다!

당신도 떠나라. 후안이2, 후안이3, 후안이4를 만나라. 이 나라의 모든 돈 후안을 불구덩이로 보내고 괜찮은 남자가 남을 그날까지. 그날은 온다(이제 글 끝내야 되니 그렇다고 하자).
돈 후안, 아니 도나 후아네스들이여, 진격하라!

───── 주접떤 기자 whatthesoulmate@j*.kr

노래 '끝사랑'

과연 남자들은 첫사랑을 못 잊을까?

연애를
노래로
배웠네

그대 오직 그대만이

내 첫사랑 내 끝사랑

지금부터 달라질 수 없는 한 가지

그대만이 영원한 내 사랑

- '끝사랑' : 김범수 노래, 윤사라 작사

의성이를 만났다. 아, 의성이는 내 친구다. 영화배우 김의성 아니다.

의성이, 그리고 몇몇 후배들과 함께 술잔을 기울이다 뜬금없는 화제
가 나왔다. 바로 '여자들은 왜 남자들이 첫사랑을 못 잊는다고 생각
할까'였다. 그 자리의 홍일점이 당연하다는 듯 의문을 제기했어.

"못 잊는 거 맞지 않아요?"

"누가 그래?"

"저 아는 사람들 다… 다들 그렇게 알고 있는데."

"그 사람들, 다 여자들이지?"

"그럼 아니란 말인가요?"

"그건 그냥 '담배 피우는 여자는 문란하다' 수준의 괴담 같은데?"

그랬다. 그 자리에서 남자들끼리 대화를 나눴다.

"너 첫사랑 못 잊냐?"

"글쎄…."

"기억이 안 나?"

"아니, 기억이야 하지. 그런데 뭐 첫사랑이야 그냥 첫사랑이지. 다만 제
일 기억나는 여자가 첫사랑이냐고 하면 그건 아니지."

얘들아, 첫사랑 신화에 속지 말자

전원이 다 그랬다. 놀란 건 홍일점뿐이었다. 그런데 생각 외로 여자들
에겐 '남자는 첫사랑을 평생 못 잊는다'는 신화가 확고하게 자리 잡
고 있었다.

그때부터 대화는 '그럼 대체 왜 이런 이상한 통설이 생겼나'로 옮아

> 오랜만에 나타나서
> 당신이 그의 첫사랑이었다고
> 주장하는 남자.
> 그 말이 사실일 가능성은,
> 그 남자가 RH-형일 가능성과
> 비슷하다고 생각하면 된다.

갔다. 여러 가설 가운데 가장 그럴듯한 건 '누군가 첫사랑을 팔았다'였다. 충분히 납득이 갈 만한 이야기라 여기 소개한다.

"오래전 사귀었거나 썸을 탔던 남녀가 다시 만났다고 치자. 두 사람은 동창이거나, 교회 친구거나, 동네 선후배거나 하는, 공동의 추억이 있는 사이야. 스무 살 안팎의 좋은 나이, 뭔가 좋은 느낌이 오가는 사이였지만 사귀었다 쳐도 길게 가지 못했고 멀리서 바라보거나, 둘 중 하나가 그때 짝이 있었거나, 곧 군대나 유학을 갈 처지였거나 하는 사연들은 누구나 있을 거야. 그렇게 이뤄지지 못한 두 남녀가 5년 뒤, 10년 뒤쯤에 우연히 당시 친구들과 함께 만났어. 오랜만에 보면 반갑고, 한 잔 두 잔에 흘러간 추억을 되새기다 보면 옛 정분이 새록새록 되살아나기 마련이지. 네가 그때 나 좋아했지 뭐 이런 얘기들을 던지고 와 웃으면 서먹함은 벌써 뒷전이야. 어느새 하나둘씩 일행들이 자리를 뜨고 두 사람이 남은 술자리, 이미 대기는 휘발성 증기로 가득 찼어. 불꽃만 튀겨주면 그냥 확 대화재가⋯."

"그래서 그 불꽃이⋯?"
"그렇지. 바로 그 한마디인 거지."

불꽃을 제대로 튀겨주는 매직 스펠. 지금부터 상황극 들어간다.

여: (남자의 옛 추억담에) 어머 넌 기억력도 좋다. 난 다 잊어버렸는데.

남: (훗) 그게 기억력만은 아닐 거야.

여: 그럼?

남: 그런 말 들어 봤니? 남자는 첫사랑을 죽을 때까지 못 잊는다는…?

여: 뭐라고? 너 그럼 혹시…

남: 응. 네가 바로 내 첫사랑이었어.

여: 정말? 어쩜 그렇게 감쪽같이….

남: 아아, 이런 얘기 안 하려고 했는데… 그래도 얘기하고 나니 후련하네. 너도 나한테 조금은 관심이 있었니?

그렇다. 제대로 느끼하다. 그런데 신기할 정도로 잘 통한다. 그리고 당장 통해서 뭘 어쩌진 않더라도, 여자의 머릿속은 이 한마디로 가득 차기 마련. 물론 폐단도 있다. 이 한마디가 너무 잘 통하는 바람에, 너무 많은 남자들이 비슷한 상황에서 이 멘트를 너무 많이 써먹는다는 거다.

유학 갔다 돌아온 서클 오빠도 써먹고, 20년 만에 동창회 나가 곱게 늙은 동창을 보고 마음이 동한 아저씨도 써먹고, 아무튼 오랜만에 만난 여자에겐 웬만하면 저놈의 첫사랑 드립이 너무 자주 등장한다. 심지어 첫사랑은커녕 당시엔 아무 관심 없었던 사람에게도 걸핏하면 써먹는다.

"사실 나쁠 건 없잖아. 첫사랑이란 게 나쁜 말도 아니고, 돈 드는 것도 아니고."

"그러게. 사실이든 아니든 여자들한텐 추억 하나 더 생기는 거 아닌가? 아, 저 자식도 날 좋아했구나. 아유 깜찍한 놈들. 진작 말하지. 나 정말 옛날엔 잘나갔었나 봐? 뭐 이런…."

"그 정도면 그냥 추억도 아니고 훈장이네."

그날의 결론. '여자들이 남자들에게 첫사랑이 특별하다고 믿는 이유' 는 '몇몇 남자들이 거기에 의미를 부여하고 팔아먹었기 때문'인 것이 다. 아무리 생각해봐도 이 정도 외에는 다른 이유를 찾아볼 수 없었다.

정리하자. 남자 중에 옛사랑을 평생 못 잊는 사람은 꽤 있다(그 옛사랑이 여럿인 사람도 물론 있다). 그들 가운데 '가장 인상적인 옛사랑'이 바로 '첫 사랑'인 사람도 적지 않다. 하지만 '첫사랑'과 '첫사랑이 아닌 다른 많은 사랑들' 사이에는 별 차이가 없다. 이건 3월 14일과 3월 15일 사 이에 어마어마한 차이가 있다고 주장하는 것과 마찬가지다.

그리고 여자들에게 당부하는데, 첫사랑 타령 하는 남자를 너무 믿지 말기 바란다. 특히 오랜만에 나타나서 당신이 그의 첫사랑이었다고 주장하는 남자를. 그 말이 사실일 가능성은, 그 남자가 RH-형일 가 능성과 비슷하다고 생각하면 된다. 아, 하긴 이 정도 거짓말은 누구나

한다는 점도 기억해두기 바란다. 크게 죄질이 나쁜 거짓말은 아니다.

'첫사랑'이란 제목의 노래는 수없이 많지만 주현미의 노래 외에는 별다른 히트곡이 없는 이유도 아마 이런 진정성의 결여 때문이었던 건아닐까. 반면, 눈 녹은 봄날이면 생각나는, 이 고전 명곡의 제목은 '옛사랑'이다. '첫사랑'이 아니다.

> 사랑이란 게 지겨울 때가 있지
> 내 맘에 고독이 너무 흘러넘쳐
> 눈 녹은 봄날 푸르른 잎새 위에
> 옛사랑 그대 모습 영원 속에 있네
> – '옛사랑': 이문세 노래, 이영훈 작사

—— 내말믿어 기자 firstsowhat@j*.kr

애니 '늑대아이'

나는 그의 코털 하나도 구원하지 못했네

연애를
애니로
배웠네

뒷모습이 슬퍼 보이는 남자가 있었다.

본격적으로 연애를 시작하기 전 한 달 가까이, 그는 매일 우리 회사 앞에서 나의 퇴근을 기다렸다(맞다. 백수였다). 회식이나 야근으로 나의 퇴근이 늦어지는 날엔, 회사 길 건너편 골목 안쪽에 있는 편의점 테이블에 앉아 혼자 소주(!)를 들이켰다.

늦은 밤 일을 끝내고 편의점 골목을 들어서면, 세상의 우울을 한데 그러모아 짊어진 듯한 넓은 어깨가 보였다. 그래서 결심했던 것 같다. 내가 이 남자를 구원하리.

이런 여자, 여기 또 있다. 호소다 마모루 감독의 애니메이션 '늑대아이'의 주인공 하나(花)다. 목이 늘어난 티셔츠를 입고 강의실 구석에서 홀로 수업을 듣는 한 남자(잘생겼다)에게 마음을 빼앗긴다.

쓸쓸해 보이는 그의 뒤를 따라가 말을 건 하나. 남자는 자신이 이 학교 학생이 아니며 도움도 필요치 않다고 차갑게 말하지만, 기어이 그를 꼬시고야 만다(잘생겼으니까?). 빈손으로 수업에 온 그에게 슬며시 교과서를 내어주고, 학생증이 없는 그를 대신해 도서관에서 책을 빌리기도 한다. 그가 일 때문에 약속에 늦는 날엔 하염없이 기다리다 미소로 반겨준다. 그렇게 사랑이 무럭무럭 자라기 시작할 무렵, 그가 고백한다. 나 사실, 늑대인간이야.

하지만 이미 그를 구원하기로 마음먹은 하나는 그를 받아들인다(잘생겨서는 아니겠지). 그리고 영화의 초반 10분간, 둘의 알콩달콩한 사랑이 잔잔한 음악과 함께 펼쳐진다. 작은 들꽃으로 집 안을 꾸미고, 늑대로 변신한 그가 잡아온 동물로 음식을 만들어 나누어 먹는다. 아르바이트와 학업(그리고 사냥)으로 일과는 고되지만 사랑하는 사람이 곁에 있어 웃음 짓는 나날이다.

그가 나 때문에 변해서 즐거운가? 글쎄

나의 연애 역시, 나름 즐거웠다. 그에게 편의점 소주 대신 제대로 된

> 66
>
> 남자의 슬픈 뒷모습에
> 반해서는 안 된다니까.
>
> 99

밥과 술을 사주고(백수라니까), 뜻대로 풀리지 않는 세상사에 대한 고민을 함께 나눴다. 연이은 실패로 인한 상처를 들먹이며 "세상을 버텨낼 자신이 없다"고 햄릿처럼 말하곤 했던 그는 조금씩 기운을 찾는 것처럼 보였다.

주야장천 술만 마시던 일과에서 벗어나 함께 새로운 계획을 세우기도 했다. 변하는 그를 보는 게 좋았다. 나로 인해 누군가의 삶이 바뀌고 있다는 느낌, 짜릿했다. 가끔 예의 그 쓸쓸한 표정으로 "넌 나에게 과분하다"고 그는 말했지만, 평강공주에 빙의해 있던 난 귀 기울여 듣지 않았다. 그러던 어느 날, 그가 사라졌다.

그렇다. 모든 연락을 끊고 조용히 잠적했다. '잠수 테러'를 당하고 만 것이다. 훨씬 비극적인 방식이었지만, 하나의 늑대 애인 역시 사라졌다. 그녀가 둘째 아이를 출산한 직후였다. 사실 이 애니메이션의 시작은 여기서부터다. 남자는 떠나고 여자는 홀로 남아 그가 남긴 두 아이를 키운다.
평소에는 그냥 귀여운 인간 아이들이지만, 흥분하면 귀와 꼬리가 쏙하고 솟아나는 늑대가 된다. 하나가 특별한 이 두 아이를 키워내기 위해 고군분투하는 과정이 이야기의 핵심이다.

짧은 사랑을 가슴에 품고 '모성애의 화신'으로 거듭나는 하나의 모습은 물론 감동적이다. 그러나 영화 초반 제멋대로 감정이입해버린 나는, 갓난아이 둘을 품에 안고 울고 있는 하나의 모습이 등장한 이후부터 영화에 집중을 할 수가 없었다. 그렇게 쯧쯧, 남자의 슬픈 뒷모습 같은 데 반해서는 안 된다니까.

다행히 내게 늑대로 변신하는 두 아이가 남은 건 아니었다. 그가 나에게 남긴 것은 계속된 음주로 인해 너덜너덜해진 위점막과 거기서 살포시 자라고 있던 헬리코박터 파일로리균뿐이었다.

틈틈이 그에게 전화를 걸면서(물론 그는 받지 않았다), 병원을 찾아 위 내시경을 하고 몇 주간 약을 먹었다. 균이 말끔하게 사라졌다는 낭보가 전해질 무렵, 침묵하던 그가 메시지를 보내왔다. 반야심경처럼 길게 이어진 이메일의 요점은 이거였다.

  "고맙고 미안하다. 하지만 나는 너의 기대에 부응할 자신이 없다."

그 편지를 아침저녁으로 복습하며 나는 깨달았다. 나는 내가 아닌 다른 이의 코털 하나도 구원할 수 없다. 그리고 그 후, 나는 나 자신을 구원하는 데만 온 힘을 쏟으며 살기로 결심했다.

———— 워너비 팜므포탈 기자 sexybomb@j*.kr

소설 '예브게니 오네긴'

남자들아, 도대체 언제 타이밍을 맞출 것인가

연애를
소설로
배웠네

나는 남자가 좋다고 먼저 고백하는 여자가 아니다. (라고 쓰고 싶었는데) 갑자기 한 남자가 떠오른다.

출장이 문제였다. 강마저도 지적으로 흐르는 도시, 보스턴. 출장 프로젝트에 합류했던 다른 회사의 한 남자였다.
반하지 않아도 될 순간이었다. 그는 한 미국인이 들어올 때까지 문을 잡고 있었다. 무슨 말인가 하면, 자신이 문을 열고 건물에 들어간 뒤 다음 사람이 들어올 때까지 손에서 문을 놓지 않은 채 기다렸다는 얘기다.

그 뒷사람은 미국인이었다. "고맙다"는 영어가 들렸다. 그런데 그 남자의 입에서는 "유 아 웰컴" 같은 대답이 나오지 않았다. 대신 그는 "슈어(Sure)"라고 했다. 보스턴에 어울리는 A급 영어에, 은은한 미소가 어우러졌다.

맞다, 그래서 한국에 돌아와 고백했다. "여자친구 없는 거 안다. 나는 어떻냐"고. 고백은 처음이었다.

그리고 마지막이 됐다.

나는 타치아나였다. 푸시킨의 소설 '예브게니 오네긴'에 등장하는 시골 처녀 말이다. 우연히 이 동네에 놀러온 멋쟁이 남자에게 사랑에 빠진다. 외국 곳곳을 여행해봤고, 영 딴판인 세계에서 살고 있는 듯한 청년의 이름이 예브게니 오네긴이다.

그러니 내가 바로 타치아나였다. 시골에 살면서(보스턴에 들뜨는 서울 사람), 책만 좋아하고(별다른 연애도 못해보고), 그다지 예쁘진 않고(…), 그러다가 갑자기 한 사람에게 꽂혔다.

타치아나는 고백한다. "당신에게 편지를 씁니다. 이 이상 말씀 드릴 것이 있겠습니까?"

유행하는 헤어스타일을 하고 런던 신상품 옷을 입은 오네긴은 타치아나를 매몰차게 거절했다. 거절 정도면 다행이다. 거의 혼을 내다시피 했다.

"나는 결혼할 생각이 없다. 처녀가 섣불리 남자에게 이런 편지를 써

TATIANA & ONEGIN

> 남성은 자신의 손으로
> 획득하지 않은 여성의 고백에
> 흥미를 느끼지 못하고
> 그녀가
> 다른 사람을 선택하면
> 아쉬워한다.

서야 되겠느냐. 열정을 이성으로 다스리는 법을 배워라." 책만 좋아하던 시골 처녀 타치아나에게 이런 가혹한 말이 또 있을까.

정신을 차린 타치아나는 곧 귀족과 결혼한다. 그런데 몇 년 후 다시 타치아나를 만난 오네긴은 갑자기 사랑에 불타오른다. "그땐 미처 몰랐다"는 거다. 미친 듯 쫓아다니며 사랑을 고백하지만 타치아나는 차가운 거절을 돌려준다(잘한다, 타치아나!).

나도 몇 번 문자를 씹었다. 그땐 타치아나를 떠올릴 겨를도 없었다. 귀족과 결혼했기 때문도 아니었다. 그저 자존심 때문이었다. "잘 지내느냐"는 문자, "좀 만나보자"는 전화 통화, 모두 보란 듯 무시했다. 내가 처음 마음을 보였을 때 "음… 나 너무 좋아하지 마"라고 했던 말이 사무쳐서였다.
그런데 자신이 한국판 오네긴이라도 된다는 건가? 왜 갑자기 마음을 바꾼 것인가! 심리를 헤아려보긴 하지만 이해하고 싶진 않다.

남자들은 언제나 늦게 깨닫는다
도스토옙스키는 오네긴과 타치아나가 당대 러시아 젊은이들의 전형이라 평했다고 한다. 틀렸다. 이들은 시대를 초월해 전 세계 젊은이의 전형이다. 여성들은 지나치게 망설이다가 갑자기 삐끗해 변변찮은

47

남자에게 사랑을 고백한다. 남성은 자신의 손으로 획득하지 않은 여성의 고백에 흥미를 느끼지 못하고 거절한다. 그러다가 그녀가 다른 사람을 선택하면 아쉬워한다. 여성은 어긋난 타이밍까지 챙겨줄 마음이 없다. 이 구도는 진보를 못 한 채 몇백 년째 반복되고 있다.

이 반복에 일조하게 된 것을 한때 후회했다. 그러나 '예브게니 오네긴'에서 그의 원형을 찾은 후 조금 위로받은 느낌이었다. 문학사상 굵직한 인물을 후대에도 복원해내는 데 보탬이 된 것 같아 뿌듯도 하다. 그러나 더 이상의 오네긴은 사절이다. 타치아나 역할도 다른 사람이 좀 맡아준다면 고맙겠다. 나는 할 만큼 한 것 같다.

지나치게 많은 오네긴들아, 도대체 언제쯤 타이밍을 맞출 것인가?

———— 튕길 땐 제대로 튕기자 기자 *ihateyounow@j*.kr*

그림, '알프스 산맥을 넘는 나폴레옹'

오빠 너무 이상적이야

연애를
그림으로
배웠네

안녕 오빠. 벌써 우리가 헤어진 지 1년쯤 시간이 흘렀네. 브라운아이드소울의 '벌써 일 년'이란 명곡이 절로 떠오르는 요즘이야. 오빠는 잘 지내고 있는지 궁금하다. 나는 여전히 회사에서 상사가 시키는 일을 꾸역꾸역 소화하고, 매일 목 빼고 주말을 기다리며 살고 있어.

우리가 처음 만났을 때가 생각난다. 당시엔 모든 게 신기했어. 지금 생각하면 우리가 처음 만난 장소가 외국이라 더 그랬던 것 같아. 클래식 공연을 취재하기 위해 홀로 오스트리아로 출장을 갔다가 우연히 오빠를 만났지. 나는 낯선 땅에서 한국 사람을 만난 게 반가웠어. 오빠 역시 사람이 너무나 그리운 외로운 유학생이었지.

길지 않은 출장 기간 동안 우리는 자연스럽게 가까워졌어. 일을 끝내고 오빠와 함께 보낸 저녁 시간은 정말 행복했어. 오스트리아의 밤거리를 걸으며 우리는 예술과 꿈에 대해 이야기했지. 음악을 찾아 오스트리아까지 오게 됐다는 오빠의 말은 너무나 낭만적이었어. 오빠는 예술의 힘으로 세상을 바꾸고 싶다고 했지. 유학을 마치고 한국에 돌아가면 예술에 무지몽매한 사람들을 변화시키고 싶다고 했어. 순수한 열정으로 가득 찬 오빠는 내가 이제까지 봤던 어떤 남자보다 더 대단해 보였어.

그때 오빠를 생각하면 카스파르 다비드 프리드리히(Caspar David Friedrich: 1774~1840)의 '안개 바다 위의 방랑자(Wanderer above the Sea of Fog)'가 생각나. 19세기 독일 낭만주의의 선구자 카스파르 다비드 프리드리히의 대표작으로, 광활한 대자연에 마주 선 인간의 모습이 담겨 있어. 고독하지만 가슴속에 장대한 꿈을 품은 한 남자. 꼭 오빠를 닮았어.

나는 출장을 마치고 한국에 돌아왔고, 우린 계속 연락을 주고받았어. 몇 개월 뒤 오빠로부터 길고 긴 유학 생활을 마치고 드디어 귀국한다는 연락을 받았어. 오빠가 한국에 들어오는 날을 얼마나 손꼽아 기다렸던지. 반복되는 일상에 염증을 느꼈던 나는 오빠와 함께 걸었던 오스트리아의 밤거리를 떠올리며 하루를 위로하곤 했거든. 오빠를 만

NAPOLEON CROSSING THE ALPS, JACQUES-LOUIS DAVID, 1801

“
오빠의 이상론을 듣고 있다 보면
현실과의 괴리감에 나도 모르게
마음이 불편해지더라고.
”

나면 다시 황홀했던 그날의 기분이 꿈같이 되살아날 것만 같았어.

하지만 고대하던 오빠와의 재회는 예전 같지 않았어. 다시 만난 오빠는 여전히 세상을 바꿀 원대한 이야기를 했어. 달라진 건 아무것도 없었어. 그런데 오스트리아에선 환상적으로 들렸던 오빠의 꿈과 이상이 현실과 동떨어진 말처럼 들렸어. 오빠의 이상론을 듣고 있다 보면 현실과의 괴리감에 나도 모르게 마음이 불편해지더라고. 우리가 '헬조선'에서 만나서인지, 내가 감성이 말라비틀어진 기자의 마인드로 돌아와서인지 모르겠지만.

그때 오빠는 내게 자크 루이 다비드(Jacques-Louis David: 1748~1825)의 '알프스 산맥을 넘는 나폴레옹(Napoleon Crossing the Alps)'을 연상시켰어. 프랑스 신고전주의 화가 자크 루이 다비드의 대표작인 이 작품은 나폴레옹의 위엄을 표현하는 데 초점을 맞추고 있어선지 사실감이 전혀 없어. 프랑스 신고전주의가 추구했던 미학이 이런 분위기였다곤 하지만. 이 그림처럼 오빠의 이야기가 내겐 전혀 현실감 있게 다가오지 않았어.

왜냐면 오빠에 비해 내 고민은 너무 하찮은 것들이었거든. 나는 당장 오늘 취재하고 기사 쓰는 게 귀찮았고, 매일 아침 침대에서 빠져나오는 게 짜증났고, 추운 날 머리 감는 게 싫었고, 출퇴근길이 괴로웠어.

하루하루 늘어나는 눈가 주름이 신경 쓰였고, 내년에 연봉이 얼마나 오를지 궁금했고, 결혼은 언제 누구와 할 수 있을지 고민이었어. 결혼하면 집은 살 수 있을지, 애는 어떻게 키워야 하는지, 워킹맘으로서의 삶은 어떤 건지, '시월드'는 어떻게 헤쳐나가야 하는 건지 등등. 나의 사소하고 현실적이며 자질구레한 걱정은 끝이 없었어.

나는 이런 고민을 함께 나눌 수 있는 사람을 만나고 싶었어. 앤드루 와이어스(Andrew Wyeth: 1917~2009)의 '결혼(Marriage)'처럼, 피곤한 하루를 끝냈을 때, 고단한 인생의 여정을 끝냈을 때 아무 말 없이 내 곁에 있어주는 사람, 대단하지 않은 소소한 일상을 묵묵히 감싸주는 사람을 만나고 싶었어.

어느 날 회사 상사에게 잔뜩 깨지고 난 뒤 오빠를 만났지. 나는 상사 욕을 잔뜩 하며 오빠에게 일하기 싫다는 등의 고민을 털어놨어. 이야기를 듣던 오빠는 나의 마음을 이해한다며 충고를 해줬지. 정확히 기억은 안 나는데 큰 사람이 되기 위해선 감당해야 할 몫의 시련이 있고, 작은 것보다는 큰 그림을 봐야 한다는 취지의 건설적인 말이었어. 지극히 오빠다운 말이기도 했지. 하지만 전혀 위로가 되지 않았어. 동시에 내가 간장종지처럼 하염없이 작아 보이더라고.

도저히 오빠와 눈높이를 맞출 수 없을 것 같단 생각이 들었어. 서서히 우린 멀어졌지. 나는 여전히 보잘것없는 일상에 매몰된 삶을 살고 있어. 오빠는 변함없이 자신의 신념대로 나아가고 있는지 궁금하다. 그때는 말하지 못했지만, 오빠의 철학과 가치관을 진심으로 존중해. 그리고 그걸 끝까지 잃지 않는 사람이 되길 간절히 바라.

언젠가 오빠가 꿈을 이루는 그날, 내가 인터뷰하러 갈게.

—————— 간장종지 기자 asmalldishforsoysauce@j*.kr

희곡 '바냐 아저씨'

그의 취향을 어디까지 맞출 수 있을까

연애를 희곡으로 배웠네

아니, 나는 그 사람을 전혀 그리워하지 않는다. 지금 만나는 이 사람은 그와 정반대다. 휴대전화로 괴상한 테트리스 같은 게임 하기를 즐겨 하고, 인생에 전혀 도움이 안 되는 예능에 히히덕거리는 이 남자가 지금 내 연인이다.

그는 달랐다. 아름다움을 보는 심미안, 그런 이상한 게 있었다. 아무리 웃어도 우울해 보이는 얼굴로 그는 나를 한 공연장으로 끌고 갔다. 러시아 극작가 안톤 체호프의 '바냐 아저씨'. 두 시간 넘게 앉아 연극을 봤는데, 무대 위에서는 어떤 일도 일어나지 않았다. 긴장감을 부르는 그 어떤 사건도 없었다. 다만 그렇고 그런 사람들의 지루한 일상 이야기가 빽빽하게 이어질 뿐이었다.

별일 없는 한 남자가 어떤 여자를 사랑하게 되지만 별다른 사건 없이, 별다른 이유도 없이 맺어질 수 없는 이야기. 자신의 세계에만 빠진 채 무기력한 등장인물들. 난 소리치고 싶었다.

"그래서 어쩌라고!"

하지만 그에게 그렇게 말할 순 없었다. 그는 물었다.

"어땠어?"

아무리 연인 사이여도 일간지 문화부 기자의 체면을 대놓고 무너뜨릴 수는 없었다. 멋진 답변을 이리저리 궁리하던 순간, 내 입이 이미 대답을 하고 있었다.

"이렇게 오래 러시아 연극을 봤으니까 러시아 말 정도는 할 수 있을 것 같네요."

모호하고, 또 모호하기 때문에 매우 쿨한 답변이라고 생각한 나는 도대체 제정신이었을까. 이 괴상한 대답 때문에 난 지금도 안톤 체호프라는 이름만 보면 손발이 오그라든다.

나는
그가 그런 감각으로
나의 일상을 헤집고
들어올 때는
더 이상 견딜 수 없었다.

순식간에 나는 아무 생각이 없는 여자가 됐지만 우리가 만나는 동안 그는 언제나 예민하고, 또 예술적이었다.

"저 오케스트라의 연주 말이야, 저 뒤쪽 줄에서 밸런스가 좀 깨진 것 같아."

그래, 뭐, 그런 말까진 괜찮았다. 하지만

"저기 플루트 불고 있는 여자 정말 예쁘네"

이런 말은 하지 않는 편이 나았을 거다.

"영화가 꼭 재미있어야 한다는 건 편견이야"

란 말까지도 참아줄 만했다. 하지만 그의 심미안에 경계란 없었다.

"네가 입은 코트는 아이보리도 아니고 핑크도 아니고… 휴… 난감하다. 어디서 샀니?"

그래, 나는 더 이상 견딜 수 없었다. 허리 디스크가 걸릴 것 같은 연극도, 아무리 들어도 내 싸구려 오디오와 비슷하게 들리는 그의 최첨단 오디오 장비도 괜찮았다. 하지만 그가 그런 감각으로 나의 일상을 헤집고 들어올 때는 견딜 수 없었다.

남자의 취향에 맞추려 애쓰지 마라, 불가능한 경우가 더 많으니

쉽게 말해서, 나는 그가 원하는 아름다움에 대해 자신이 없었다. 그 아름다움을 알아볼 자신도 없었고, 아름다운 대상이 될 자신은 더욱 없었다. 힘든 연애를 얼마간 이어간 끝에 나는 그 사람이 완전한 아름다움을 찾아 내게서 떠나기를 간절히 바라게 됐다. 그렇게 우리는 헤어졌다.

그래서 다시 한 번 말하지만, 나는 그를 그리워하는 게 아니다. 단순한, 그야말로 단순하신 지금 나의 연인, 이 사람을 만나면서 옛날의 그가 자꾸 떠오르는 것이 절대 아니다. 지금 내 연인과는 그 어떤 예술 작품을 놓고 논할 수도 없고, 손잡고 고전 연극 한 편을 보러 갈 수도 없다. 가끔 기막히게 아름다운 음악을 들었을 때 이어폰을 나눠 낄 수도 없다.

그래도 나는 옛날의 그를 그리워하는 게 아니다. 도대체 아무 일도 일어나지 않는 밋밋한 러시아 희곡을 왜 많은 사람이 아름답다고 하는지, 좋은 음악을 들었을 때의 전율이란 뭔지, 마음 놓고 이야기할 수 있었던 옛 연인.

신선한 전시가 시작됐을 때 아무리 바빠도 한 번은 보러 가야 했던 그 사람, 그래서 트렌드에 늘 깨어 있도록 나를 자극하던 그. 그 사람은 하나도 그립지 않다. 전혀 생각나지 않는다. 아니다. 절대 아니다. 절대로.

—— 미련없다니까 기자 iimsocoool@j*.kr

노래 '야동근'

'원나잇의 꿈'에 대한 한 편의 괴담

**연애를
노래로
배웠네**

원나잇을 원한다는 생각 말고

전부 꼬실 수 있다는 자신감 버리고

오늘은 되겠지 라는 꿈도 버리고

가라고 집에 가라고

빨리 가라고

– '야동근' : 나몰라 패밀리 노래, 김태환 작사

이 이야기는 연애와는 조금 거리가 있는 얘기인지도 모르겠다. 하지만 연애를 좀 더 넓게 해석해서, 남녀 사이에서 일어날 수 있는 이야기라고 생각하면 이런 사례도 한 번쯤 생각해볼 수 있는 얘기가 아닌가 싶다(그런 마음으로 읽어주시기 바란다).

한창 나이의 남자들에겐 원나잇 스탠드에 대한 로망이 있다. 뭐 이런 짐승 같은 놈들이 있나 생각하실 분들이 있겠지만 손바닥이라는 게 혼자서는 절대 소리가 나지 않는 것이고 보면, 그들만 탓할 수는 없다는 생각도 든다. 당장 충실해야 할 애인이 있는 것도 아니고, 상대에게 무슨 폭력을 쓰는 것도 아니고, 그저 서로 눈빛과 눈빛이 원하는 대로, 욕망과 욕망이 부르는 대로 서로 짝짜꿍이 맞아서 하는 일이라면 그것도 충분히 가능한 일 아닐까.

남자들의 하룻밤 결의

지금은 결혼해 잘 살고 있는 한 후배는 아예 이런 회고담을 털어놓기도 했다. "솔로 시절. 매주 금요일 밤이면 홍대입구역 코인라커에 가방을 넣고 잠그며 결의를 다졌다." 지금은 어떤지 모르지만 그 시절, 홍대입구역은 열두시 반쯤에 셔터가 내려졌고 당연히 코인라커의 가방도 꺼내러 갈 길이 없었다.

그러니 결의의 내용도 뻔했다. "오늘 밤 만날 그녀와 첫눈에 뿅뿅 사랑을 나누고, 이른 아침 쿨하게 해장국을 먹은 뒤 느긋하게 가방을 찾아 집에 가리라." 물론 실제론 이런 꿈을 이루는 날보다 홍대입구역 계단에 앉아 첫차 시간을 기다려야 했던 날들이 훨씬 더 많았겠지만, 그다음 주가 되면 여전히 전장으로 돌진하는 화랑 관창의 심정이 되어 코인라커에 동전 떨어지는 소리를 듣는 것이 그의 솔로 시절이었

> 지금은 결혼해 잘 살고 있는
> 한 후배는 솔로 시절.
> 매주 금요일 밤이면
> 홍대입구역 코인라커에
> 가방을 넣고 잠그며
> 결의를 다졌다는
> 회고담을 털어놓기도 했다.

다고 한다(뭐 모든 남자가 이렇다는 것은 아니고, 이런 마음을 갖고 있는 남자들이 꽤 있다… 정도로 이해해주시기 바란다).

오늘의 이야기는 '근데 그러다 큰일 날지도 모른다'는 일종의 경고다. 뭐 에이즈 같은 얘기를 하려는 게 아니다. 그보다 훨씬 실감나고 무서운, 한 후배에게 일어났던 일이다.

어느 해 연말, A는 팀 회식을 했다. 다들 들뜬 분위기에서 막내 알바생이 자기 친구가 지방에서 올라와 있는데 마땅히 갈 데가 없으니 불러도 되겠냐고 물었다. 다들 '모르는 여자'에 대한 설렘으로 좋다고 했다. 하지만 막상 도착한 친구는 인물도, 스타일도 평균 이하라 다들 큰 관심을 보이지 않았다. 어쨌든 연말이라 다들 넋 놓고 마셨고 2차, 3차가 이어지다 A는 평소대로 필름이 끊겼다.

그리고 다음 날 아침. 여러분의 기대대로 모텔에서 잠을 깬 A 옆에는 그 알바 친구가 누워 있었다. 자신의 이상형과 거리가 먼 여성과 하룻밤을 보냈다는 께름칙함이 있었지만 어쨌든 A는 가능한한 다정하게 대했고, 고향에 내려가는 차 앞까지 그녀를 배웅했다.

당연히 A는 일상으로 돌아왔고, 세월이 흘렀다. 대략 1년 가까이 지나 이름이며 얼굴이 가물가물해졌을 때쯤 그녀로부터 전화가 걸려왔다. 차나 한잔 하자는 얘기. 왠지 그래야 할 것 같아서 차를 마시는데 그녀의 얼굴이 좀 부어 있었다고 한다. 살이 쪘냐고 물으니 아기를 낳은 지 얼마 안 돼 그렇다는 그녀의 대답. 그새 결혼을 했느냐고 물으니 그건 아니고….

뭐 다음 얘기는 여러분의 짐작 범위 안에 있으니 진도를 나가면, 그는 그 아기가 자신의 아기라는 말에 펄쩍 뛰었고, 여자 부친도 찾아왔고, 친자 확인도 했고, 했는데 그의 핏줄 맞고… 그는 어느새 파렴치한이 되어 있었다.

그래서 그는 여자 부친에게 항변을 했다. "아버님 심정은 이해하지만 나는 댁의 따님과 그날 하룻밤 같이 잤을 뿐, 사귄 적도 없고, 1년간 애가 배 속에 있는지도 전혀 몰랐다. 나도 억울하다." 그러자 이번엔 그 아버지가 화들짝 놀라더라는 거다.

아버지는 "서울에 애인이 있고, 바빠서 내려오진 못하는데 자기가 한 달에 몇 번씩 서울로 만나러도 가고, 애 낳을 때에는 해외 출장을 가서 병원에도 못 와보고…"하는 딸의 말을 철석같이 믿었고, 그래서 이번에 서울 올라올 때 아주 전형적으로 '순진한 애 꼬셔서 몸 버려놓고 나 몰라라 하는 나쁜 놈'을 처단할 각오로 왔다는 거였다. 여자에게는 A가 모르는 지난 1년간의 러브 스토리(창작)가 있었던 거다.

그래서 A는 여자 아버지에게 사정했다. 제발 따님과 한 번만 3자 대면을 하게 해달라고. 자기가 거짓말을 하고 있는 게 아니라고. 그리고 다음 날, 아버지는 딸에게 말을 꺼내자 딸이 어디로 사라졌다며, 혹시 어디 갔는지 모르냐고 이 친구에게 엉엉 울면서 전화를 했더라는 거다(그 뒤로도 몇 가지 사연이 더 있으나 여기선 생략한다).

그 뒤로 A는 뜬 눈으로 밤을 지새우는 나날을 보냈다(최소 그 뒤로 2, 3년 간은 그랬다. 그다음엔 연락이 뜸해져서 어떻게 살고 있는지 모른다). 어딘가에서 자신의 씨가 자라고 있고, 언제 그의 앞에 나타날지 모른다는 불안감에 피가 마른다는 얘기였다. 물론 연애고 결혼이고, 정상적인 삶은 다 포기했다. 대체 어떤 여자가 이런 사연을 이해해줄 것인가.

여기까지 읽으셨으면, 평소 어떤 생각을 갖고 사셨건 몸과 마음을 조금은 겸손하게 유지하시길 바란다. 인생 모른다. 언제 내가 막장 드라마의 주역이 될지. 특히 필름 아무 데서나 끊기는 분들은 제발 술버릇 고쳐라.

A군을 생각하며 노래 한 곡 띄운다.

    이토록 사랑하는 마음만으로 되는 건 없는지
    사랑에 버려진 세월의 슬픔을 아는지

알 수 없는 너를 하룻밤 꿈같은 너를

언제고 다시는 찾지 않으리

– '하룻밤의 꿈' : 이상우 노래, 오태호 작사

————— 자나깨나술조심 기자 nomoreblackout@j*.kr

영화 '미 비 포 유'

우리는 왜 완벽한 남자를 만나지 못하는 걸까

연애를
영화로
배웠네

이 글을 쓰는 나의 최대 고민은 이거다. 제목을 완벽한 남자는 죽 '었'다로 해야 할 것인가, 완벽한 남자는 죽 '는'다로 해야 할 것인가. 두 문장이 한 가지 이야기를 하고 있는 건 사실이다. 완벽한 남자는 소멸을 필연으로 한다는 것.

여기 엄청난 남자가 있다. 우선 마음 씀씀이. 여자가 했던 모든 말을 꼼꼼히 기억한다. 유치하게, 또는 잘 보이려고 그러는 게 아니라 여자의 생각과 마음에 완전히 동화됐기 때문이다. 여자가 어릴 적 신었던 스타킹의 추억을 잊지 못한다는 것을 알고는 생일에 그 스타킹을 준비해준다. 연애 중인 남자들이여, 선물이란 바로 이런 것이다.

그의 정신은 고귀하다. 그가 읽는 책, 보는 영화, 만나는 사람들을 공유한다면 여자의 삶이 끝없이 확장될 것만 같다. 그 남자는 공부를 많이 했고 사람을 많이 만나봤으며 자신이 하는 일에서도 최고의 명성을 얻었다.

가장 중요하지만 가장 뒤늦게 거론하는 것이 품위 있어 보일 특징들도 들어보자. 그는 잘생겼다. 근육이 멋지다. 돈은 끝이 보이지 않을 정도로 많다. 성(城) 한 채가 자신의 것이다. 유머 감각도 끝내준다.

이 남자는 누군가. 영화 '미 비포 유'의 주인공 윌 트레이너다. 어마어마한 부잣집에서 자라 무지하게 멋있는 남자로 성장한 윌은 한순간 사고를 당해 사지마비 환자가 된다. 그리고 그를 돌보러 온 여자 주인공 루이자 클라크와 사랑에 빠진다. 이야기는 영락없는 '키다리 아저씨' 풍이다. 윌은 신체의 자유가 없지만 루이자에게 자유를 선물할 만한 재력과 능력이 있다. 그는 루이자와 사랑에 빠졌지만 결국 존엄사를 선택해 세상을 떠나고, 루이자에게 새 삶을 살 만한 후원금을 남긴다.

나는 영화를 보던 중간에 심한 짜증을 느꼈다. 남자의 완벽한 정도가 도를 넘었을 때다. 이 남자 윌은 그의 어머니마저 완벽했다. 그녀는 아들을 사랑하지만 깊이 개입하진 않고, 아들이 사랑하는 여성을 지지하고 함께 의지했다.

ME BEFORE YOU, 2016

> 완벽한 남자는 죽는다.

월이 가난하고 배운 것 없는 루이자와 사랑에 빠졌을 때 어머니가 펄펄 뛸 거라 생각한 관객은 한국의 아침 드라마를 꾸준히 학습한 나 같은 이들뿐이었을까. 여하튼 월의 어머니가 루이자를 따뜻하게 감쌀 때 내 입에선 이런 말이 거의 튀어나올 뻔했다.

"뭐야, 시어머니 자리까지 완벽해?"

내 정신의 천박함을 진정시키고, 나는 이 완벽함이 무엇을 위한 것인지 생각해보기 시작했다. 영화는 이 남자를 왜 이토록 완벽하게 만들어놨는가. 그리고 왜 죽게 했나. 남자의 완벽함은 소유를 위한 것이 아니었다. 다시 말해 이 세상에 사는 여성은 절대로 가질 수 없는 것이었다. 바꿔 말하면 존재하지 않는 것이다. 설사 잠시 존재했다면 필연적으로 사라져야 할 어떤 것이다. 완벽한 남자는 어떤 식으로든 죽고 있다. 온 우주가 나를 총애하며 뚝 떨어뜨려준 것 같았던 완벽한 남자는 함께 사는 순간 결점투성이의 일그러진 인간이 된다.

완벽한 남자는 없다, 사라지거나 죽는다

반대로도 생각해본다. 어떤 이유로든 나를 떠나갔던 남자는 내 뇌 속 뉴런들의 희미한 연결 속에서 그럴듯한, 완벽에 가까운 남자로 변신한다. 그러나 그는 절대로 내 손이 닿지 않는 곳에 있다. 완벽한 남자는 사라지게 마련이고, 사라진 남자들은 완벽하다. 처음에 밝혔던 이 글의 제목으로 돌아간다. 완벽한 남자는 죽는다. 그리고 죽었다.

완벽한 남자, 그리고 완벽함에 대한 치밀한 은유는 또 다른 주인공에 의해 완성된다. 루이자의 원래 남자친구 패트릭이다. 그는 결점투성이의 남자다. 루이자의 생일에 자신의 이름이 들어간 목걸이를 선물한다. 여자친구와의 휴가 계획은 자신의 취미 생활 위주로 짠다. 별다른 생각 할 필요가 없는 코미디 영화만 보고, 루이자의 꿈과 인생에 대해선 그 어떤 생각도 없다. 그런데 그의 가장 중요한 특징은 건강하단 거다. 그는 건강 염려증 같은 것을 가지고 있어서 엄청나게 운동하고 관리한다. 아마 그는 오랫동안 죽지 않고 살 것이다.

이 영화를 보고 한동안 헤어 나오지 못한 여성들을 꽤 봤다. 그들이 통속적인 신데렐라 스토리에 매혹됐기 때문이라 생각하지 말길. 그들은 그동안 쌓아왔던 무의식의 한 부분을 강타 당했다. 이 영화에 숨어 있는 굉장히 거대한 은유, '완벽한 남자는 죽는다'는 명제가 은근슬쩍 관객의 마음을 찌른 것이다. 그런데 제목은 도대체 '죽었다'로 해야 할까 '죽는다'로 해야 할까. 두 제목 모두 남성 독자들의 지탄을 무지하게 받을 것 같긴 하지만 말이다.

———— 칙릿변호인났네 기자 chicklitforever@j*.kr

2

썸 타다가
멘붕되지 말자

'내'가 행복한 연애란

남자사람 친구들의 죠요

남자들이여, 왜 사귀자고 말 안 하나?

연애를
수다로
배웠네

벌써 그를 만나기 위해 다섯 번째 꽃단장 중입니다. 소개팅으로 만난 서른셋의 남자 A는 적당히 무난한 남자입니다. 100퍼센트 마음에 드는 것은 아니지만, 서로 취향이 비슷하고 대화가 잘 통하는 게, 한번 진지하게 만나볼까 생각 중입니다. 다행히 A도 제게 관심이 있는 것 같습니다. 관심이 없다면, 다섯 번이나 만나자고 먼저 말하진 않았겠지요.

그런데 이 남자 언제쯤 제게 "사귀자"고 말할까요? 피차 작정하고 나온 소개팅인데, '모' 아니면 '도' 아니겠어요? 그런데 A와 저의 관계는 개와 걸 사이 그 어디메를 서성이고 있는 것 같습니다. 게다가 (약간의) 스킨십도 했거든요. 제가 먼저 말을 꺼내자니 될 일도 안 될 것 같아서 참고 있는 중입니다. 도대체 이 남자, 왜 사귀자고 말하지 않는 걸까요?

동네에 알 만한 남자사람 친구들에게 조언을 구하기로 했습니다.

남사친1: 왜 사귀자고 말 안 하냐고? 단순해. 사귀자고 말하지 않아도 사귀는 것처럼 썸타면서 만날 수 있으니까. 너 A랑 스킨십했니, 안 했니?

나: 어, 그러니까…. 약간의 부끄부끄….

남사친1: 그것 봐. 사귀지 않아도 사귀는 거랑 다를 바 없는 거지. 충분히 그런 관계가 가능한데 뭐 하러 책임 있는 관계를 가지려고 하겠냐. 그냥 그렇게 만나다가 쿨하게 헤어지는 거지 뭐.

남사친2: 그냥 너랑 한번 자보려고 그러는 거야. 즐기는 것뿐이라고. 어장 관리하면서.

나: 뭐라고? 정말?

남사친2: 많지는 않지만 일부 그런 남자들이 있어요. 너도 즐길 거 아니면 그만 만나.

남사친3: 네가 나이도 있고 하니 혹시라도 결혼으로 발목 잡힐까 봐 망설이는 거 아닐까?

나: 뭐라고? 나는 당장 결혼 생각이 없는데?!

남사친3: 그래도 인생은 모르는 거지. 싫지는 않은데 결혼할 만큼 완전히 좋지는 않으니까 간 보고 있는 거 아니겠어?

> 사귀지 않아도 사귀는 거랑
> 다를 바 없는 거지,
> 충분히 그런 관계가 가능한데
> 뭐 하러 책임 있는 관계를
> 가지려고 하겠냐?

이런 젠장. 누구 하나 긍정적인 이야기를 해주지 않더군요. 답답한 마음에 검색창에 '썸'이라고 쳐봤습니다. 그러자 연관 검색어에 '썸 확인법'이란 게 뜨더군요. 이 관계가 썸인지 아닌지, 이 관계가 잘될 가능성이 있는지 없는지 확인하는 방법이 줄줄이 나오더군요.

안달하지 말자, 이 관계가 썸인지 간인지는 아직 알 수 없으니

아니나 다를까 '남자가 썸만 타고 사귀자는 말을 안 해요'라는 질문도 있었습니다. 배스트 답글은 이런 거였습니다. '일단 연락을 끊어보세요. 만약 남자가 만나자고 계속 연락이 온다면 그건 진전 가능성이 있는 겁니다. 그런데 남자도 같이 연락을 끊으면 그의 어장 속에서 관리를 당했던 것이라 생각하시면 됩니다.'

언제부터 연애를 시작하는 일이 이렇게 힘들어졌을까요? 그런데 가슴에 손을 얹고 생각해보면 저 또한 진지한 관계가 조금 부담스럽습니다. 정작 A가 사귀자고 했을 때 가슴에서 우러나오는 말로 "알겠다"고 할 수 있을지, 저도 확신이 들지 않습니다. 정말 사귀고 싶었다면 제가 먼저 "사귀자"고 말했겠지요.

그냥 나이와 시류와 주변의 성화에 밀려 적당히 무난하고 나쁘지 않은 사람을 만나려고 하는 건 아닐까요. 저도 여기저기 간을 보며 짠지, 단지, 싱거운지, 입맛만 다시고 있는 건 아닌지, 스스로를 돌아보게 되었습니다. 차라리 무소유와 극기의 무성욕자 생활로 돌아간 다음, 바닥에서 다시 시작하고 싶다는 생각이 듭니다.

소유와 정기고가 부른 '썸'은 달콤하기 그지없습니다만, 현실의 '썸'은 '간'에 더 가까운 것 같습니다.
결혼의 압박은 있는데 결혼하기는 싫고 연애는 해야겠는데 혹여 책임질까 두려운, 요즘 결혼 적령기 세대의 사랑 공식 같기도 하고요.
그래서 소유와 정기고에게 '썸' 2탄으로 '간'을 추천하는 바입니다.

———— 썸몽둥이 기자 SOMEmongdoongie@j*.kr

'센 언니'들의 매력

'센 언니'의 연애 방정식

연애를
예능에서
배웠네

"그러니까 이번엔 잘 좀 해봐!"

연이은 소개팅 실패에 친구 A는 답답하다는 듯 잔소리를 늘어놓기
시작했다.

"이번엔 옷도 사서 입고, 화장도 곱게 하고, 센 척도 하지 말고, 괜히 바
쁜 티도 내지 말고, 응? 내 말 듣고 있니?"

"알겠어, 알겠다고."

나는 슬픈 얼굴로 지는 해를 바라봤다. 저 붉은 노을이 마치 "네 인생

에 더 이상의 연애는 없어"라고 말하는 듯했다. 그래, 나는 '소개팅 백 전백패녀'였다. 입사 이래 회사 선후배, 대학 동기, 동네 친구, 심지어 일로 만난 취재원까지 동원해 소개팅을 했지만 그 인맥이 한 바퀴 도 는 동안 이렇다 할 결실을 맺지 못했다. '남자친구는 없냐?' '왜 연애 를 못 하냐?' '결혼은 언제 할 거냐'는 주변의 닦달과 간섭에 마음만 초조해지고 있었다.

마당발인 친구 A는 나에게 세 번쯤 소개팅을 시켜줬다(참 좋은 친구다). A는 외로움에 지쳐 백골이 되어 있는 내게 "이번이 마지막 기회"라며 새로운 소개팅을 주선하는 참이었다. 그러고는 잔소리를 잊지 않았다.

> "이제 내 인맥도 한계다. 더는 없어. 그러니까 제발 내숭도 떨고 잘 좀 하라고!"

나는 소개팅을 앞두고 배수의 진을 친 장수처럼 비장하게 나를 돌아 보기 시작했다. 무엇이 나를 이토록 비(非)호감 내지는 무(無)호감으 로 만든 것일까? 내 성향 때문일까. 나는 굳이 분류하자면 '센 언니' 에 속했다.

일단 경찰서를 밥 먹듯이 드나들었고(경찰 출입기자니까), 기가 센 형사 나 사기꾼을 상대하느라 싸움꾼이 되어 있었으며, 회사에서는 술고

> 연애의 바다에서
> 나 같은 '센 언니'란
> 짝 없이 전진하는
> 심해어인지도 몰랐다.

래에 화를 잘 내는 무서운 선배로 통했다.

한번은 여기자와 연애를 해봤다는 지인으로부터 이런 소리도 들었다.

"솔직히 여기자와 결혼하는 건 조금 생각해봐야겠어. 세 가지 이유 때문인데, 세다, 똑똑하다, 바쁘다."

처음에는 헛소리 집어치우라고 반문했지만, 이렇게까지 소개팅에 실패하고 나니 정말로 내가 세기 때문에 남자들이 싫어하는 건가 싶었다. 연애의 바다에서 나 같은 '센 언니'란 짝 없이 전진하는 심해어인지도 몰랐다. 그래, 세상이 그렇다면야, 내가 바꿀 수밖에.

나는 나풀거리는 원피스를 염가에 사 입고 소개팅 장소에 나갔다. 어색하게 저녁 메뉴를 고르고, 더 어색하게 자기소개가 이어졌다.

"많이 바쁘시죠? 휴일에도 잘 못 쉰다고 들었는데."
"그럴 리가요. 그렇게 바쁘지 않아요. 뭐, 한국 사람 중에 안 바쁜 사람 있나요?"

나는 주 6일 근무에 야근을 밥 먹듯이 하고 있었지만, 저녁이 있는 사람처럼 여유롭게 거짓말을 했다.

"술은 잘 드세요?"

"아, 술이라."

팔뚝을 비틀면 어제 퍼마신 '소폭'이 뚝뚝 떨어질 것 같았지만, 나는 마치 '생(生)간'의 소유자처럼 맑은 얼굴로 또 거짓말을 했다.

"잘 못 마셔요. 맥주 한 잔 마시면 어지럽더라고요. 호호호."

어제 먹은 소폭이 올라온다.

"의외시네요. 경찰서 출입하는 건 어때요? 듣기만 해도 험한데."

"아유, 저는 사건보다는 기획 기사를 주로 쓰는 편이에요. 그렇게 험하지 않답니다."

며칠 전 취재한 살인 사건이 떠올랐지만 이내 머릿속에서 지워버리고 온화한 얼굴로 상대방을 안심시켰다. 그래 뭐, 대승적인 차원에서 좋은 게 좋은 거지 뭐.

소개팅남과 헤어지고 나서 집에 돌아오는 길에 이상하게 허무해졌다. 연극이 끝난 뒤 두터운 무대 화장을 지우고 있는 기분이었다. 내숭 떤다고 남긴 봉골레 파스타가 눈에 밟혔다. 허기진 마음에 맥주 다섯 캔을 사들고 집으로 돌아왔다. 방바닥에 퍼질러져 벌컥벌컥 맥주를 들이켜는데 "한 잔 먹으면 취해요"라고 웃던 게 생각나 얼굴이 화끈거렸다.

> 이렇게까지 자신을 감춰야 하다니!
> 이렇게까지 부자연스러워야 하다니!!
> 이렇게까지 사랑을 구걸해야 하다니!!!
> 아, 싫다 싫어! 꿈도 사랑도!

아무래도 이건 아닌 것 같았다. 이렇게 내 자신도 사랑할 줄 모르면서 다른 누군가를 사랑할 수는 없는 노릇이었다. 나는 괜히 세상 탓을 했다. 일 잘하는 프로페셔널한 직장인(=센 언니)을 원할 때는 언제고, 연애할 때는 고분고분하고 외모까지 잘 가꾸기를 바라는 것이냐. 아, 싫다 싫어. 꿈도 사랑도, 모든 것이 지겨워졌다. 나는 그 이후 아주 오랫동안 소개팅을 하지 않았다. 그리고 남자를 찾는 대신 열심히 일했다.

가식적인 언니보다는 센 언니가 나아!

세상도 조금씩 변했다. 사람들은 성 역할 바꾸기를 통해 가부장제를 풍자하는(JTBC '최고의 사랑2') 코미디언 김숙에 열광하게 됐고, 자기주장을 거침없이 쏟아내는 래퍼 제시에게 연호하며, 샤를리즈 테론이 연기하는 전사 퓨리오사(영화 '매드맥스: 분노의 도로')는 대중문화 속 새로운 여성 캐릭터의 교본이 되었다.

"그렇게 세서 연애는 하겠냐"는 비아냥은 여전하지만 나는 괜찮다. 두터운 가면을 쓰고 사느니, 나는 그냥 나답게 살기로 했다. 그리고 말하고 싶다. 센 언니와의 연애가 얼마나 매력적인지. 세다는 건 독립적이고 심지가 굳고 강하다는 뜻이며 자신의 일에 최선을 다한다는 뜻이다.

그건 연애에서도 마찬가지다. 센 언니를 만난다면 당신 역시 '남자이기 때문에 이래야 한다'는 사회적 고정관념에서 자유로워질 수 있다. 그냥 있는 그대로의 모습을 보여주면 되고, 나는 그런 당신을 사랑할 준비가 되어 있다.

있는 그대로의 나를 사랑하자.
이 험난한 세상에서 세다는 건 얼마나 큰 메리트인가.
나는 더욱더 단단한 사람이 되고 싶다.

———— 퓨리오 기자 *girlcrush@j°.kr*

드라마 '오나의 귀신님'

그녀가 되기 위해 '나'를 잃지 않기를

연애를
드라마로
배웠네

부끄러운 고백을 하려 한다. 살면서 나는 콤플렉스 덩어리였던 시절이 있었다. 내가 '나'라는 현실을 증오하고 하루에도 수십 번씩 다른 사람이 되고 싶었다. 내가 그토록 되고 싶었던 사람은 바로 나의 단짝 친구였다. 그 아이의 이름은 BS.

중학교 2학년 때 처음으로 BS를 만났다. 우리가 어떻게 친해졌는지는 정확히 기억나지 않는다. 아마도 교실에서 나란히 앉게 된 이후부터였던 것 같다. BS와 나는 처음부터 꽤 잘 맞았다. 같이 있으면 하루종일 까르르 웃음이 그칠 줄 몰랐다. 집에 돌아가면 서로 교환 일기장을 썼다. 나는 BS가 정말 좋았다.

껌 딱지 같았던 우리 사이가 틀어지기 시작한 건 아이러니하게도 서로를 너무 잘 알게 되면서부터였다. BS에 대해 알면 알수록 나는 그 아이가 나와 다른 부류의 사람이라는 걸 깨닫게 되었다. 자꾸만 우리 부모님이 작아 보였고 내가 불행해 보였다. 요약하자면 크게 세 가지 이유 때문이었다.

외모

BS는 우리 학교에서 손꼽히는 '얼짱'이었다. 화이트데이면 사탕바구니를 들고 찾아오는 남자가 한둘이 아니었다. BS를 보러 우리 교실에 기웃거리는 남자들도 있었다. 당시 나는 두꺼운 안경을 쓰고 꽁지머리를 한 무생물에 가까웠다. 그때 나는 BS를 보면서 태어나서 처음으로 '외모에 신경 좀 써야 하나' 고민했다.

재력

BS의 집안은 지방에서 손꼽히는 유지였다. 집안 대대로 내려오는 재산이 여느 졸부와는 차원이 달랐다. 부족한 것도 아쉬운 것도 없는 집안이었다. 이와 달리 우리 집은 아빠의 월급으로 연명하는 평범한 서민 가정이었다. BS를 만나고 집에 들어온 어느 날, 나는 저녁 식사를 하며 물었다. "엄마, 우리는 어디에 별장 없어?" 엄마는 차분하지만 강단 있게 젓가락을 내려놓으며 말씀하셨다. "밥이나 먹어."

> 내가 BS로 태어났으면
> 얼마나 행복했을까,
> 얼마나 다른 삶을 누리며
> 살았을까
> 수도 없이 상상했다.

지력

당시 BS는 국영수과는 물론 예체능까지 과목별 개인 과외를 받고 있었다. 그 덕분인지 내가 알 수 없는 시험 정보나 학습 요령에 빠삭했다. BS가 개인 교습을 받은 건 이뿐만이 아니었다. 테니스, 자세 교정, 해금 연주 등 모든 걸 1대1로 배웠다. BS와 나 사이엔 학교 수업만으로는 도저히 따라갈 수 없는 간극이 있었다. 다양한 선진 문물(?)을 빠르게 접하는 BS를 보며 나는 열등감을 느꼈다.

시간이 지날수록 점점 BS가 부러워졌다. 부러움은 질투로 바뀌었다. 질투는 망상을 만들어냈다. 내가 BS로 태어났으면 얼마나 행복했을까, 얼마나 다른 삶을 누리며 살았을까 수도 없이 상상했다. 물론 처음엔 나도 이런 나 자신을 거부했다. 애써 BS와 멀어지려고도 했다. 2015년 여름 방송된 tvN 드라마 '오 나의 귀신님(오나귀)'에서 나봉선(박보영 분)이 처음에 처녀 귀신 신순애(김슬기 분)의 존재를 부정했던 것처럼 말이다.

하지만, 사랑은 모든 걸 뒤바꾸어 놓는다. 한 오빠를 좋아하면서 내 판단력은 흐려지기 시작했다. 학원에서 만난 그 오빠는 내가 기다리던 바로 '그 사람'이었다. 사실 학원에 공부하러 갔다기보다 오빠를 보기 위해 학원을 기웃거렸다는 게 더 맞는 표현일 거다. 오빠의 마음을 얻기 위해 안달복달하던 어느 날, 나는 뜻밖의 정보를 듣게 된다.

오빠가 예전에 BS를 자신의 이상형으로 꼽았다는 이야기였다.

나는 굳은 결심을 했다. BS가 되기로 한 거다. 나는 BS의 외모, 말투, 성격, 분위기 등에 대해 누구보다도 잘 알고 있었다. 하나둘씩 나를 BS처럼 바꿔나갔다. 그 오빠를 만날 때면 마치 BS가 된 것처럼 말하고 행동했다. 그의 마음을 얻을 수만 있다면 못 할 게 없었다. 나중에는 내가 정말 BS가 된 것 같은 착각도 들었다. 정말 제대로 미쳐 있던 거다.

'오나귀'의 나봉선도 마찬가지다. 강선우에게 호감을 느낀 나봉선은 신순애에게 자신에게 빙의해 대신 강선우를 꼬셔달라고 부탁한다. 매사에 소극적이고 자신 없는 본인과 달리 신순애는 적극적으로 사랑을 쟁취할 수 있을 거라는 기대감 때문이었다. 실제로 강선우는 신순애가 빙의한 나봉선에게 색다른 매력을 느끼고 마음이 흔들린다. 결국 이들(나봉선+신순애)은 강선우의 뜨거운 키스를 받아내기에 이른다.

현실에서도 내 전략은 꽤 성공적이었다. BS가 빙의한 것처럼 굴었던 나는 오빠에게 고백을 받았고 우리는 사귀기 시작했다. 하지만 그토록 원했던 오빠와 만나면서도 나는 행복하지 않았다. 늘 초조하고 불안했다. 돌이켜보면 '언제 나의 원래 모습을 들킬까' 하는 생각뿐이

었다. 결국, 무거운 마음을 감당하지 못한 나는 사랑을 포기하고 도망
쳤다. 나의 연애는 새드 엔딩이었다.

'오나귀'는 어떨까. 나봉선+신순애, 강선우는 모두 행복할 수 있을
까. 드라마가 아닌 현실에 발을 딛고 사는 사람으로서 하고픈 말이 있
다. 사랑에 관한 한, 우리는 처음부터 끝까지 오롯이 '나'여야 한다.

조금이라도 나를 속이고 시작한 사랑은 오래가지 못한다. 사랑은
'내'가 '할 수 있을 때까지' 해봐야 한다. 그래야 사랑이다.

———— 사랑 빙의 기자 oohmyghost@j*.kr

영화 '조제, 호랑이, 그리고 물고기들'

사랑의 유효기간은 얼마일까요

연애를
영화로
배웠네

"나 이번 주말에 서울 못 갈 것 같아."

"왜? 무슨 일 있어?"

"그냥… 피곤해."

"피곤해"의 "해"와 함께 들려왔습니다. 이 사랑의 유효기간이 끝나고 있다는 경고음이. 그때 우리는 원거리 연애 중이었습니다. 차로 두 시간 걸리는 거리를 그는 주말이면 힘든 기색 없이 달려오곤 했죠. 어느 날 불쑥 말하더군요. 이번 주말엔 가지 않겠다고.

순간 심장에 칼바람이 붑니다. 유효기간이 지난 줄 모르고 상하기 시작한 우유를 벌컥 들이켰을 때처럼 당혹스럽습니다. 그 이후에도 우리의 연애는 한동안 이어졌습니다. 하지만 그 순간 알았던 것 같아요.

아, 이 사랑은 머지않아 끝이 나겠구나.

조제는 언제 경고음을 들었을까요. 영화 '조제, 호랑이, 그리고 물고기들'에 나오는 다리가 불편한 여주인공 조제 말입니다. 대학생 츠네오와 동거를 시작한 지 1년, 둘은 처음으로 여행을 떠납니다. 원래는 가족들에게 조제를 소개하기 위해 고향으로 향하는 길이었지만, 츠네오는 중간에 마음을 바꿉니다.

운전석 옆자리에서 재잘대는 조제에게 그가 "운전 중이잖아!"라고 짜증스럽게 대꾸했을 때, 혹은 등에 업힌 자신을 무거워하며 "휠체어를 사자"고 말했을 때, 조제의 마음에도 칼바람이 불었을까요. 집으로 돌아오기 전 들른 해변에서 두 사람은 사진을 찍습니다. 츠네오의 등에 업힌 조제는 금방 울음을 터뜨릴 듯한 표정을 짓고 있네요.

사랑이 끝나는 신호, 이제는 알아야지

사랑의 유효기간에 대해선 여러 가지 설이 있습니다. 사랑에 빠져 있을 때 나오는 호르몬 도파민은 길게는 3년까지 계속된다고 어떤 과학자들은 말합니다. 마약을 했을 때처럼 사람을 흥분시키고 감각을 마비시키는 호르몬이죠. 사랑에 빠졌을 때 저지르는 그 수많은 '미친 짓'은 이 호르몬의 조종 때문입니다.

> 신호는 여러 가지 방식으로
> 전해집니다.
> 연락이 뜸해지는 게
> 가장 흔하죠.

JOSEE, THE TIGER AND THE FISH, 2003

미국 코넬 대학의 신시아 하잔 교수는 '사랑의 300일 유통기한설'을 제시했네요. 연애를 시작한 지 1년 후면 열정이 50퍼센트 이상 급격하게 하락해 많은 연인이 사랑과 이별의 갈림길에 놓이게 된다는 겁니다. 과학 같은 건 잘 모르겠고, 경험상 사랑의 유통기한은 '케바케'인 것 같아요. 사람에 따라, 어떤 상대를 만나느냐에 따라, 어떤 상황에 처했느냐에 따라 둘쭉날쭉 제멋대로 달라지는.

신호는 여러 가지 방식으로 전해집니다. 연락이 뜸해지는 게 가장 흔하죠. 하루에 열 번씩 전화하던 그가 하루 종일 연락이 없을 때, 내 카톡에 10초 이내에 답하던 그가 두 시간이 지나도록 메시지를 확인하지 않을 때 우리는 불안해집니다.

슬프게도 사랑이 더 많이 남아 있는 쪽이 그 신호를 민감하게 감지합니다. 때론 얼핏 스쳐가는 표정일 수도 있고, 무심코 튀어나온 단어하나일 수도 있습니다. 오래전 어느 겨울, 밤늦게까지 연구실에서 공부하는 그를 무작정 찾아간 적이 있었어요.

도착했다고 연락을 했는데 곧 나온다던 그는 10분이 지나도 나타나지 않았습니다. 기다림이 분노로 바뀌며 머리에서 스팀이 치솟을 때쯤 터덜터덜 걸어오는 그의 발소리가 들리더군요. 반가움이나 설렘같은 건 한 톨도 느껴지지 않는 그 무미건조한 발소리를 들으며, 또 슬픈 예감에 사로잡히고 말았습니다.

'조제, 호랑이, 그리고 물고기들'에는 알콩달콩 예쁜 장면도 많습니다. 조제가 탄 유모차를 밀며 함께 언덕길을 내달리는 두 사람, 동물원에서 호랑이를 보며 손을 꼭 부여잡는 모습은 사랑에 빠져 있던 그 찬란한 한때를 떠올리게 합니다.

하지만 이들 사랑의 유효기간은 1년 몇 개월을 넘지 못했죠. 그걸 확인한 날 조제는 옆에서 이미 잠든 츠네오에게 속삭입니다.

> "언젠가 자기가 없어지게 되면 난 미아가 된 조개껍데기처럼 혼자 바다 밑을 데굴데굴 굴러다니게 되겠지."

'모든 사랑의 유효기간은 3년.' 이렇게 딱 정해져 있다면 얼마나 좋을까요. 혹은 휴대전화 배터리를 체크하듯 현재 그의 사랑이 몇 퍼센트 남아 있는지 수시로 확인하고, 간당간당할 땐 얼른 충전기를 꽂을 수 있다면. 그러면 내 의도와는 상관없이 상하기 시작한 사랑을 붙들고 안절부절하지 않아도 될 테니 말이에요.

하지만 그게 불가능하단 걸 알기에 둘 중 한 사람은 급작스럽게 다가온 사랑의 끝을 무기력하게 바라보며 애써 마음을 다잡아야 합니다.

츠네오가 떠나고 난 후 홀로 남아 1인분의 생선을 묵묵히 굽던 조제 처럼 말이에요.

조제의 진짜 이름은 쿠미코였습니다. 조제는 그녀가 좋아하는 프랑수아즈 사강의 소설 '한달 후, 일년 후'의 여주인공 이름입니다.

영화에는 책 속 이 구절이 등장합니다.

> "언젠가 그를 사랑하지 않는 날이 올 거야." 베르나르는 조용히 말했다. "그리고 언젠가는 나도 당신을 사랑하지 않겠지. 우린 또다시 고독해지고. 모든 게 다 그래. 그냥 흘러간 1년의 세월이 있을 뿐이지." "네 알아요." 조제가 말했다.

유효기간이 지난 사랑을 부여잡고 계신가요. 먼저 식어버린 게 어느 쪽이었든, 언젠가 우린 서로를 사랑하지 않게 될 것입니다. 그리고 그냥 흘러간 시간이 거기에 남겠지요. 그래서 더 슬픈 것도 같고, 그나마 다행인 것도 같습니다.

——— 비오니센치해진 기자 sosentimental@j*.kr

시트콤 '프렌즈'

당신에게 최악의 소개팅은?

연애를
시트콤에서
배웠네

저 남자는 아니겠지… 아닐 거야… 아닐… 아…니…

그러나 그는 이미 내 앞에 서 있었다. 그를 달리 피하고 싶었던 게 아니다. 얼굴 가득 바른 것이 틀림없는 비비크림, 그리고 어딘지 남들을 의식하는 저 걸음걸이. 난 알고 있다. 저런 사람과 소개팅은 잘 되지 않는다는 걸.

아니나 다를까, 그는 자신을 끔찍하게 아끼는 남자였다. 세탁소를 믿지 못해 옷은 집에서 직접 드라이클리닝을 해 입었다. 특별한 용액(가루던가?)을 세탁기에 넣고 물을 왕창 넣으면 깔끔하게 드라이클리닝이 된다고 했다.

또 "젊을 때, 가장 아름다울 때 몸을 가꿔놔야 한다"며 운동의 중요성을 강조했다. 그의 모든 말은 내게로 와 이런 뜻이 됐다.

　'우린 어울리지 않을 거예요.'

최악의 소개팅을 놓고 벌어지는 경쟁은 치열하다. 어떤 남자는 자리에 앉고 5분 후쯤 '칼'을 꺼냈다. 밤 깎는 칼이었다.

　"사실 오늘 집에 제사가 있는 날인데 밤 깎는 게 제 담당입니다. 얼른 들어가 봐야 해요. 오는 길에 이렇게 밤칼까지 사왔다니까요"

라고 했다. 그는 그동안 몇 명의 여자 앞에서 밤칼을 꺼내 보였을까. 순간

　"집에 같이 가서 깎아드리겠다"

라며 들러붙어 그를 괴롭혀보고 싶은 마음이 들었다.

주위 친구들에게 물었다. 네 최악의 소개팅은 뭐였냐고. 첫 만남에 영화만 본 후 헤어진 남자 얘기가 나왔다. 소개팅이 아니라 영화 동호인의 번개 분위기였다 했다. 애프터는 하지 않고 연락만 해대는 남

난 알고 있다.
저런 사람과 소개팅은 잘 되지 않는다는 걸.

자도 거론됐다. 연락을 해서는 이런저런 부탁을 늘어놨다고 한다. 연인이 친구가 될 수는 있지만 소개팅남이 바로 친구가 될 수는 없는 것 아닌가?

은행에 다니는 건 좋지만 서로 알아가기도 전에 신용카드를 만들게 하는 건 좀 너무하지 않은가? 또, 첫 만남에서부터 연봉의 투명한 상호 공개를 요구하며 급속히 친해지려 드는 것은 어떤가. 최악의 소개팅보다는 비상식적 소개팅 범주로 빼두고 싶은 사례들이다.

소개팅의 끝은 어디인가

추억의 시트콤 '프렌즈'에서 레이첼도 비상식적인, 그래서 최악인 소개팅남을 만난다.

"이 레스토랑은 닭요리가 맛있다"

는 레이첼의 말에 남자는

"당신 정말 아름답네요. 그런데 나는 정말 못생겼죠? 돈도 못 벌고 유머도 없어요"

라고 한탄을 시작한다. 사실은 당신 정말 괜찮아요, 라는 말을 듣고 싶은 거다. 하지만 그는 결코 괜찮지 않았고, 소개팅의 분위기는 은하계를 떠나게 된다. 남자는 결국

"내 손 정말 못생겼죠"

라며 잉잉 울어버린다. 최악의 소개팅, 아니 대부분 소개팅에 대한 적절한 은유가 아닐 수 없다.

우리라고 양심이 없는 건 아니다. 눈에 띄게 근사한 남자가 나와서 서로 한눈에 반하는 걸 바라진 않는다. 다만 적당함을 원한다. 적당한 예의와 배려 말이다. 남자는 부담스럽지 않을 정도로 적당히 괜찮고, 나에게도 적당히 잘 해준다. 대화를 할수록 이상과 취향도 얼추 비슷하다는 사실을 발견하게 된다. 그리고 그도 나를 적당하다고 생각한다. 아니면 마음속으로 굉장히 좋아하는데 적절히 거리를 두든지 말이다.

이런 소개팅이 있었던가? 아니, 이런 사람이 있기나 할까? 아니다. 정말 질문해야 하는 것은 이런 게 아닐까. '나는 괜찮은 소개팅에 적당한 사람인가' 말이다. 혹시 나에게 최악의 소개팅남이 자꾸 나타나는 건 내가 적당함만을 밝히는 적당치 못한 여자여서는 아닐까? 길거리

에서 적당해 보이는 사람을 골라잡아 탐구해보는 편이 나을지도 모르겠다. 그의 품에 밤칼이 들어 있지 않다는 전제 하에….

그러나 연애나 결혼을 '아직' 완성하지 못한 '미(未)'혼 여성의 숙명이란 게 있다. 우리는 컨베이어 벨트 위의 상품처럼 이번 주말에도 자동으로 소개팅 전선에 투입될 것이다. 적당한 사람이 나에게도 괜찮다고 생각해줄 기적을 꿈꾸면서….

—— 소개팅전문 기자 neverendingblinddate@j*.kr

영화 '제리 맥과이어'

고백, 어디까지 해봤니?

**연애를
영화로
배웠네**

무릇 연애의 시작이자 하이라이트라 할 수 있는 고백의 순간! 아득한 기억 저편으로 사라진 그 순간을 주섬주섬 꺼내본다. 영화와 드라마를 보다가 심쿵했던 사랑 고백도 모아봤다. 자, 함께 떠올려보자. 당신의 영혼을 뒤흔들었던 고백 멘트는 무엇인가.

"You complete me(당신은 나를 완벽하게 만들어요)."

우아하게 시작한다. 1990년대 할리우드 로맨틱 코미디에 등장하는 대사다. 보송보송한 톰 크루즈와 르네 젤위거를 볼 수 있는 '제리 맥과이어'(1996)라는 영화에서 남주가 여주에게 하는 고백이 "You Complete Me"다. 한때 장안의 화제였던 멘트. 그런데 개인적으로는 이 말을 들은 여주의 맞고백이 더 충격이었다.

> "Shut up! You had me at Hello(닥쳐! 당신이 처음 헬로라고 말을 건 순
> 간, 나는 이미 당신 것이었어)."

아. 영어인데도 오글오글하다.

위와 비슷한 고백으로는 잭 니컬슨과 헬렌 헌트가 나오는 '이보다 더
좋을 순 없다'(1997)의 명대사

> "You make me want to be a better man(당신은 나를 더 좋은 남자가
> 되고 싶게 만들어요)."

이 있다. 언제 들어도 마음을 울리는 멋진 사랑 고백이 아닐 수 없다.
단, 진짜 써먹을 경우 사역동사 make의 쓰임새(make+목적어+동사원형)에
주의하자.

> "내 거 하자" or "죽을래 사귈래"

이른바 박력형 고백이다. 전자는 칼군무 아이돌 '인피니트'의 노래
제목이요, 후자는 드라마 '미안하다 사랑한다'의 소지섭 대사에서 출

JERRY MAGUIRE, 1996

> 흔히 여자들이
> 터프한 고백을 좋아할 거라 생각하지만
> 고백하는 이가 인피니트나 소지섭급 외모가 아닐 경우
> 부작용이 크다.

발해 하하와 10cm의 노래로도 만들어진 고백용 멘트다.

흔히 여자들이 이런 터프한 고백을 좋아할 거라 생각하지만 고백하는 이가 인피니트나 소지섭급 외모가 아닐 경우 부작용이 크다. "사랑은 소유하는 게 아니란다"라는 일장훈계나 "음, 차라리 죽지"라는 자포자기형 반응을 유발할 수 있다.

실제로 필자의 친구 한의사 A양의 경우 한 남정네에게 "내 거 하자"와 '비스무레'한 고백을 듣는 순간, "네 월급통장도, 네 자동차도 다 내 거"로 들리더라며 눈물과 함께 털어놓은 적이 있다.

　　"저 한번 키워보실래요?"

믿기 어렵겠지만, B기자가 실제 들었다는 고백이다. 상대는 대여서 일고여덟⋯살 아래의 연하남이었다. 맞다. 이것은 연상연하 커플을 그린 인기 만화 '너는 펫'에서 모티브를 따온 나름 참신한 고백 멘트다. 김하늘·장근석 주연의 영화로 만들어졌을 때 남자를 애완동물과 동일시했다는 이유로 한 남성단체가 상영금지가처분 신청을 내기도 했던 바로 그 작품이다.

그러나 이 고백을 들을 당시 만취상태였던 B기자는

"응 뭐라고? 개를 키우라고?"

로 답했다는 슬픈 전설이 내려온다.

"이제 너랑 친구하기 싫어."

오랜 기간 친구로 지내던 상대와 연인으로 발전하고 싶을 때 써먹으면 좋은 고백이다. 이런 고백을 들었을 땐 단번에 눈치챘더라도 "왜, 내가 뭐 잘못했어?" 놀란 듯 물어줘야 예의다.

이어지는 건

"아니, 이제 친구는 그만하고 너랑 연애하고 싶다고!"

오글 멘트 발사다.

아주 오래전, C기자도 이런 고백을 들은 적이 있었더랬으나, 연애가 끝남과 동시에 절친 남사친까지 잃게 돼 상실감이 두 배로 크더라는 슬픈 결말로 이어지니 여기까지만 하자.

좋은 고백이란

결론이다. 이 주제를 갖고 여러 사람들(주로 여성)과 이야기를 나눠본 바, 고백은 그냥 진솔하게 "나는 네가 좋다. 사귀자"로 하는 것이 가장 깔끔하고 좋다는 이들이 많았다.

용기가 안 날 땐 자문자답형 "나 너 좋아하냐?"를 고려해볼 수도 있겠으나 '이민호가 아니라도 멋있을까?'라는, 역시나 외모지상주의적 시각이 있었으니 참고하시길.

———— 너좀키워보자 기자 shutup@j*.kr

영화 '오늘의 연애'

남자인 친구와 키스한다면?

연애를
영화로
배웠네

미안합니다. 사과부터 하고 시작할게요. 며칠 전 '고환 친구'와 술을 마시다 그의 입술을 훔칠 뻔했습니다. 그는 어린 시절 풋내 나는 흑역사를 공유한 동갑내기 '남자사람 친구'입니다. 한 번도 남자로 느껴본 적이 없는 녀석이지요. 그날따라 호르몬에 이상 신호가 왔는지(나이 탓인가요), 술을 치사량 이상 들이켜서 그런지 그의 입술이 돌출되어 보이지 말입니다.

키스를 안(못) 한 지 하도 오래 돼서 제 입술도 부아가 났었나 봐요. 잠시 본능에 충실하고 말았네요. 다음 날 아침 눈을 뜨고 제일 먼저 든 생각은 "악! 내가 미쳤나. 어쨌든 잘 참았어!"였습니다. 값싼 욕망 따위가 우리의 오랜 우정을 무너뜨릴 순 없는 것이지요(쿨내 진동!).

하지만 녀석을 상대로 그런 불온한 생각을 했다는 것 자체가 이불을 걷어찰 일이었습니다. 저는 그 친구를 사랑하지 않거든요. 남녀가 친구로 지낸다는 건 조금 아슬아슬합니다. 서로에게 인간적 호감은 있으나 이성적 호감까지는 아닌 그 애매모호한 우정의 상태. 여러분도 생각해보면 주변에 그런 사람 한 명쯤은 있을 거예요.

저는 전날 밤 성(性)마귀가 씌었던 것을 반성하며 한 가지 의문에 빠졌습니다. '남자와 여자는 평생 친구로 지낼 수 있을까?' 지금껏 보아온 수많은 영화에선 '남녀는 친구가 될 수 없다'고 말하고 있거든요.

남자사람 친구의 경계

첫 번째 영화, 이승기·문채원 주연의 '오늘의 연애'를 봅시다. 18년 동안 알고 지낸 남녀 주인공은 말 그대로 고환 친구입니다. 두 사람은 한 방에 넣어 놓아도 털 끝 하나 건드리지 않고 숙면을 취할 수 있는 사이입니다. 영화의 반전은 이런 겁니다. 알고 보니 두 사람은 서로 사랑하고 있었다.

두 번째 영화, '러브, 로지'는 더 가관인데요. 어린 시절부터 모든 것을 함께해온 단짝 로지와 알렉스가 12년 동안 썸을 타다가 사랑에 골인하는 이야기입니다. '오늘의 연애'에 비해서 썸을 탄 기간이 짧으

66

서로에게
인간적 호감은 있으나
이성적 호감까지는 아닌
그 애매모호한 우정의 상태.

99

나 그사이 두 사람은 결혼도 한 번씩 다녀오고 아이도 낳았습니다.

세 번째 영화, '원데이'의 엠마와 덱스터는 무려 20년을 엇갈립니다. 이들의 사랑이란, 어찌 이다지도 타이밍이 안 맞는 것인지. 영화 속으로 들어가서 주인공 귀에 대고 "너희 둘은 지금 사랑하고 있어!"라고 외치고 싶어진답니다.

왜 이렇게 영화에서는 고환 친구를 연인으로 엮지 못해서 안절부절일까요. 현실에서 10년 이상 알고 지낸 '남자사람 친구'와 연인으로 이어질 확률은 몇 퍼센트나 될까요. 주변에서 동창과 결혼한 경우는 보았으나, 몇십 년 만에 다시 만난 경우가 대부분이었습니다. 저의 경우는 0퍼센트입니다. 저는 '처음 본 남자'들과 사랑에 빠졌어요. 잘 모르기 때문에 사랑에 빠졌고, 너무 잘 알게 되면서 사랑이 식어버렸죠.

영화감독 기타노 다케시도 "모든 사랑은 오해로부터 시작된다"며 "상대에 대해 서서히 알아가면서 사랑에 빠지는 것보다 첫눈에 반하는 편이 재미있다"고 말하거든요.

그러니까 '오늘의 연애'나 '러브, 로지' '원데이'는 일종의 판타지입니다. 평생 친구가 어느 날 갑자기 돌변해 남자로 보이고, 연인이 되는 것만큼 극적인 일도 없겠지요. '남자사람 친구'는 일종의 금단의 영역입니다. 이성은 이성이나, 이성으로 생각하자니 괜한 죄의식이 드는 상대라고 할까요.

잠깐의 방심(술김에 키스 같은 것)으로 한 명의 오랜 친구를 잃을 수 있다는 두려움, 어쩐지 혈육에게 키스하는 것 같은 역겨움, 그런 것들이 우리의 마음에 높은 철벽을 쌓게 만드는 것 같습니다.

연애를 못 하고 있으면 지인들은 이런 말을 합니다. "주변에서 찾아봐!" 그런데 말입니다. 주변에서 찾는 것은 이렇게나 어렵습니다. 영화 '싱글즈' 기억나시나요? 이 영화야말로 잠깐의 방심이 일을 크게 만들 수 있다는 교훈을 주고 있는데요. 친구 관계인 동미(엄정화 분)와 정준(이범수 분)은 술김에 동침을 한 뒤 난처한 상황에 빠집니다. 동미에게 아이가 생긴 것이지요.

뻔한 영화였다면 동미는 정준과 사랑에 빠지고 결혼을 할 것입니다. 그런데 동미는 혼자 살기로 결심합니다. 친구는 끝까지 친구인 겁니다. 심지어 아이가 생겼다고 그 우정이 갑자기 사랑이 되는 건 아닙니다(아, 이 진동하는 쿨내!). 사랑과 우정 사이는 은하수만큼 먼 거리인 것 같아요. 사랑할 수 있었다면 진작에 사랑했겠지요.

그래서 친구에게 고백하고 싶습니다.

친구야, 상상해서 미안하다!
그러니 소개팅 좀 시켜줘!

———— 잘 참은 기자 INeedaRealMan@j*.kr

오페라 '피가로의 결혼'

시집간 그녀가 왜 연락했냐고?

**연애를
오페라로
배웠네**

후배 C에게.

지난번에 네 고민을 친절히 들어주지 못해서 미안해. 지난 카톡을 검
색해보니 내 답이 너무 짧더라.

네가 뭐라고 했었지?

　"요새 심란해요. 시집간 전 여친이 왜 문자를 하는 거예요?"

그땐 왜 나한테 물어보는지 좀 어리둥절했어.

　"직접 물어보는 게 어떻냐"

라고 답했던가. 여튼 내가 선배지만 좀 너무했다.

지금 너에게 꼭 권하고 싶은 오페라가 한 편 있다. 모차르트의 '피가로의 결혼'이야. 그래, "피~가로 피~가로" 하는 그 피가로. 거기에 우아한 백작부인이 나와. 어떤 남자(백작)가 열렬히 사랑한다고 해서 넘어가 결혼해줬지. 아이도 낳았고. 그런데 결혼은 문제의 발단이었어. 남편이 어여쁜 하녀에게 관심을 보이는 거지. 그것도 아주 노골적으로! 백작부인은 "남자들이 이 여자 저 여자 집적거리는 동안 난 남편만 보고 있었다"면서 억울하다고 노래하지.

여기에서 백작부인이 어떻게 행동하는지 볼 필요가 있다. 집안의 앳된 사환(혹은 시동)과 오묘한 관계를 유지하는 거지! 시동의 이름은 케루비노. 사춘기를 막 지난 듯해. 사랑에 대한 막연한 동경, 아름다움에 대한 뜨거운 열정을 가지고 있어. 몇 살 차이인지는 모르겠지만 한참 연상일 백작부인을 뜨겁게 사모하고 있지. 이건 집안의 공공연한 비밀이야.

잠깐의 변심과 외도가 너를 위한 것은 아니란다

난 백작부인이 '뭣 때문에 저런 어린아이에게 넘어가겠나' 싶었어. 그런데 최근 한 작품에서 연출가가 희한한 구도를 그려놨더라. 백작

> 늪에 빠진 것 같은 기혼자들은
> 그래서 '다름'이 필요한 거야.
> 그걸 사랑으로 착각할 때도 많고.

부인이 시동에게 아주 80~90퍼센트는 넘어가는 것 같은 거야!

왜일까. 왜 그랬을까. 왜 백작부인은 애송이 같은 아이에게 잠시나마 마음을 빼앗기는 걸까.

아마 남편과 정반대이기 때문일 거야. 백작부인의 남편은 부인을 의심하면서 옷장 문 부수겠다고 도끼 들고 설치는 남자야. 그런데 앳된 남자 시동은 '팔의 살결이 여자보다 더 희고 고운' 걸로 나와. 허구한 날 울고, 다치고 말이야.

그 '다름'에 끌린 거야, 백작부인은!

결혼은 생활을 동반하지. 때로는 늪처럼 깊고 어둡고 추운, 그런 실제 생활 말이야. 남편이 꼭 바람을 피워야 공허해지는 건 아니야. 늪에 빠진 것 같은 기혼자들은 그래서 '다름'이 필요한 거야. 그걸 사랑으로 착각할 때도 많고.

아마 시집간 많은 여성들이 '그때 다른 선택을 했더라면' 하고 있겠지. 한때 기세 좋게 차버렸던 상대까지 하나하나 떠올리면서….

난 그녀가 왜 연락했는지 조금 알 것 같다. 네 팔의 살결이 여자보다 희지 않다는 건 명백한 사실이지만….

참, 오페라 결론은 말 안 해도 알겠지? 그냥 다들 원래 짝과 손잡고 노래하며 끝난다. 한번 같이 보러 가자. 힘내.

──────── 내얘기아님 기자 countessrosina@j*.kr

영화 '연애의 온도'

연애는 못 해도 '용만이'는 되지 말자

연애를
영화로
배웠네

무릇 상당수의 연애에는 좋게 말해 사랑의 메신저, 나쁘게 말해 '용만이'가 존재하게 마련이다. 용만이란 무엇이냐. 실속 없이 남의 연애놀음에 이 '용만'당한다고 해서 용만이다(전국의 '진짜' 용만 씨들께는 죄송하다!).

춘향전의 방자를 비롯해 원치 않게 남들의 연애에 끼여 몸과 맘이 피곤해지는 용만이의 역사는 유구하다. 최근 작품 중 가장 눈에 띄었던 용만이를 꼽아본다. 김민희·이민기가 주연을 맡은 영화 '연애의 온도'에 등장하는, 이름이 뭔지 끝까지 안 나오는 걸출한 조연 '박계장(김강현 분)'이다.

'연애의 온도'는 3년을 사내 커플로 알콩달콩 사귀어온 남녀의 구질하고 질척이는 이별 이야기다. 박계장은 은행에서 일하는 두 주인공 이대리(이민기 분)와 장대리(김민희 분)의 회사 후배. 원래는 여선배인 장대리에게 마음이 있었으나 술자리에서 키스를 시도하다 이를 목격한 이대리에게 무차별 구타를 당한 후 비밀연애의 수호자가 된다.

두 주인공이 헤어지고 나자 박계장은 피곤해진다. 대화를 피하는 두 사람 사이에 업무 전달 역할을 떠맡는 것은 물론

> "이대리님, 장대리가 3번 분석표 달라는데?"(장대리에게) "아직 안 나왔다는데?"(이번엔 이대리에게) "빨리 좀 해달라는데?",

술자리에서 헤어진 애인 불러오라 행패 부리는 남주인공의 주사를 받아주느라 생고생이다.

예쁜 대학 후배를 솔로가 된 이대리에게 소개해줬다가, 장대리에게 불려가 혼쭐이 나기도 한다. 거참, 속이 뒤집히고도 남을 상황인데 우리 착한 용만이를 보라.

> "헤어졌어도 저는 두 사람을 응원할 거예요."

VERY ORDINARY COUPLE, 2012

> 세상의 모든 연인들아.
> 연애는 제발 둘이서만 지지고 볶길 부탁드린다.
> 주변의 꽃 같은 영혼, 빙구 만들지 말고.

가슴에 손을 얹고 생각해본다. 나는 용만이인 적이 없었던가. 아~, 떠오른다. 대학 때의 흑역사다. 남자 동기 A가 어느 날 갑자기 영화를 보러가자고 꼬신다. 당시 한참 흥행 중이던 슬픈 러브스토리다.

극장에 도착하니 같은 과 여자 후배 B가 이미 와 있다.

    "응, 여럿이 보는 게 재밌을 것 같아서."

A의 말을 철석같이 믿었다. 셋이 영화도 보고 술까지 마셨다. 얼마 후, 나와 함께 영화를 본 두 사람이 '썸'을 타고 있다는 사실을 알게 된다.

A가 B에게 마음이 있었는데 둘만 가자고 하면 부담스러워할 것 같아 너도 불렀다는 것이 다른 친구에게 전해들은 이야기의 전말. 태연한 척하다 수년 후 술자리에서 열폭한 내게 A는

    "그래, 미안했다. 그땐 어려서 너를 못 알아봤나 봐"

라는 영혼 없는 면피성 작업멘트로 매를 벌고 만다. 그 두 사람? 당연 잘 안 됐다.

제발 우리 앞가림이나 잘 하자

남사친 C씨의 경우를 보자. 미팅에서 만난 여자 둘, 남자 둘이 짝을 맞춰 놀이공원에 놀러갔다. 그중 한 여인에게 호감이 있던 C는 순간순간 최선을 다해 즐겁게 놀았다 한다. 이후에도 친해진 네 사람은 종종 함께 어울렸다.

하지만! 이 두 여성이 모두 함께 간 친구 D에게 호감이 있었다는 사실이 뒤늦게 밝혀진다. D는 두 여성을 연이어 사귀었고, 모두와 친하다는 이유로 C는 세 명의 연애사에 말려들어 수년간 말할 수 없는 고초를 겪었다고 했다. 고백 끝에 그는 비장하게 말했다.

"그 이후로 여자는 무조건 1대1 아니면 만나지 않아."

용만이 경험이 남긴 후유증은 의외로 크다. 자존감 하락, 인간 불신, 지구 멸망 기원 등으로 이어질 수 있다. 그나마 방자는 동급 조연 향단이가 있었기에 다행이었다. 그럼에도 방자의 깊은 한을 풀어주기 위해 그를 주인공으로 내세운 '방자전'(2010) 등의 영화까지 만들어지지 않았는가. '연애의 온도' 속 우리의 박계장은 안타깝게도 끝까지 제 짝을 찾지 못한 채 조연으로 머문다. 헤어진 장대리에게 작업 한번 다시 걸어보지 못하고.

당신이 '험한 연애 다리가 되어'의 가치관을 신봉하는 용만이즘의 수호자가 되겠다면 말리지 않겠다. 하지만 어쩐지 자꾸만 남들의 연애에 성과 없이 말려드는 것만 같다면, "쯧쯧, 너도 오지랖이 백만 평이다"라는 말이 불현듯 욕처럼 들려온다면, 이제 그만하자.

용만이의 굴레에서 벗어나 내 진짜 사랑을 찾아 나서자. 그리고 덧붙이건대 세상의 모든 연인들아. 연애는 제발 둘이서만 지지고 볶길 부탁드린다. 주변의 꽃 같은 영혼, 빙구 만들지 말고.

───── 너네진짜그럴래 기자 besuckedin@j*.kr

연애? 하고 싶다면
현명하게 하자

사랑에 대처하는 법

드라마 '이번 주 아내가 바람을 핍니다'

풍파를 피하려면, 휴대폰을 사수하라

연애를
드라마로
배웠네

'이번 주 토요일 오후 3시 힐스호텔.

기다리겠습니다.

보고싶습니다.'

의도한 건 아닌데 보고야 말았다. JTBC 금토 드라마 '이번주 아내가 바람을 핍니다'의 주인공 도현우(이선균 분). 어느 날 살림도 육아도, 사회생활도 완벽한 아내 수연(송지효 분)의 휴대전화에 도착한 의심스러운 문자를 발견한다.

다툼이 있었던 것도, 아내를 화나게 할 잘못을 저지른 것도 아니다. 그런데 왜? 나한테 왜? 평온하던 일상은 박살이 나고, 문자 하나 때문에 우주 최강의 찌질남, 의심남으로 변모하고 마는 주인공. 회식 자리에 간 아내의 뒤를 쫓고, 흥신소에 아내의 뒷조사를 의뢰한다. 답답한 맘을 이길 길 없어 온라인 게시판에 사연을 올려 도움을 요청한다. 그의 머리를 가득 채운 단 하나의 질문은 이것. '둘이 잤을까 안 잤을까.'

사랑하면, 사랑하고 싶다면 판도라의 상자를 열지 말자

사랑하는 이의 휴대전화. 이것은 금단의 열매다. 풍파를 겪을 준비가 되지 않았다면 손대지 말아야 할 헬게이트다. 주변만 둘러봐도 안다. 수없이 많은 사랑의 파탄이 휴대전화에서 시작된다.

판도라의 상자를 열고 만 이들은 말한다.

> "제가 원래 남의 휴대폰 보고 그런 사람이 아닌데, 그날따라 왠지 봐야 할 것 같은 느낌이…."

'우주의 기운'설이다. 여성들이 신봉하는 '여자의 촉'설에도 주목하자.

> "요즘 뭔가 수상하다는 '촉'이 왔거든요. 그래서 남친이 화장실 간 사이에…."

왜 '쎄한' 예감은 틀린 적이 없나.
그렇게 훔쳐 본 연인의 휴대전화에선
크고 작은 물증이 쏟아진다.

비슷한 종류로 '쎄한 느낌'설도 있겠다.

"잠깐 쓰레기 버리고 들어왔는데, 남편이 휴대폰을 보며 웃고 있다 황급히 닫는 거예요. 순간 '쎄한 느낌'이 들어서."

왜 '쎄한' 예감은 틀린 적이 없나. 그렇게 훔쳐 본 연인의 휴대전화에선 크고 작은 물증이 쏟아진다.

"옵빠 요즘 가을 탄다."

썸의 흔적,

"요즘 남친이랑 권태기야."

어장 관리의 흔적,

"자니?"

구 여친 접촉 흔적,

"요즘 피둥피둥 살쪄서 꼴 보기 싫어."

친구들과의 내 뒷담화 흔적,

　　"토요일 10시 콜!"

나 몰래 클럽에 드나든 흔적까지.
문자와 톡이 깨끗하다면 사진첩과 연락처, 검색어 검사로 넘어갈 차례. 회사 직원과 다정하게 팔짱을 낀 사진은 왜 안 지운 것이냐. 연락처엔 왜 이렇게 '오빠'들이 많지? 네이버에 '소개팅 어플'은 왜 그리여러 번 검색한 거냐고! 어쩐지, 전화기를 보고 싶더라니! 굳건했던 믿음은 산산조각이 나고, 영혼은 너덜너덜해지기 직전.

휴대전화 때문에 망한 연애라…. 아아 기억난다. 나 역시 원래 그런 사람은 아닌데, 그날따라 카페 테이블 위에 놓인 그의 휴대전화가 자꾸 눈에 밟혔다. 패턴이 걸려 있었지만, 단순한 녀석 'ㄹ'였다. 그리하여 우주의 기운에 순응하여 문을 연 그곳에 지옥이 기다리고 있었다. 문제가 된 톡의 내용은 두 개, 여사친들과의 대화였다.

　　"언제 술 먹자."(여사친)
　　"둘이 먹는 건 좀 그런데. 여친이 싫어해."(남친)
　　"뭐야, 왜 그러고 살아? 여친 질투가 장난 아닌 듯?"(여사친)
　　"ㅠㅠ 나 힘들어."(남친)

이것들이, 지금 누굴 신나게 씹고 있는 거냐. 또 하나의 톡은 이거였다.

"오빠~ 뭐해요?"

"응, 집인데."

"지금 근천데 잠깐 나올 수 있음?"

대화는 거기서 끝. 만난 걸까, 거절한 걸까. 그렇게 전쟁은 시작됐고, 진실은 저 너머에 있고, 나중엔 왜 싸우는지도 모른 채 싸우고 또 싸우다 우리는 헤어졌다.

그리하여 수많은 연애지침서는 충고한다. 다른 건 몰라도 휴대전화만은 프라이버시의 영역으로 남겨두라고. 촉이 촉촉 경고를 보내건, 쎄한 느낌이 쎄쎄 몰아치건 참아야 한다고. 여는 순간 풍파가 몰아칠 것이므로. 상대가 진짜 바람을 피우고 있다면, 휴대전화를 들여다보지 않더라도 더 확실한 증거가 곧 나타나게 될 거라고. 그러니 서로의 사적인 영역을 인정하고, 사소한 유혹일랑 알아서 정리할 기회를 줘야 한다고. 무엇보다 휴대전화 검열도 마약 같아서 한 번 보면 두 번 보고 싶고, 자꾸만 보고 싶어질 거라고.

하지만 인간은 호기심의 동물 아니던가. 본능은 자꾸 의지를 앞선다. 그리하여 10년 넘게 화목한 가정생활과 발랄한 이성 관계를 동시에 사수했다는 A선배는 연애 때마다 휴대전화로 갈등하는 어린양(나)에게 충고했다.

"결국 들킨 사람 잘못이야. 상대가 쓸데없는 의심을 할 여지를 만들지 말아야 해. 연인과 있을 땐 벨소리는 무음이 기본이요, 모든 알림 기능은 꺼두는 게 좋아. 잠금 패턴은 무조건 세 번 이상 꺾는 걸로. **통화목록**은 바로바로 지우고, 무엇보다 귀가하기(혹은 연인을 만나기) 전, 딱 3분 시간을 내 메시지와 톡 내용을 '재구성'하는 걸 습관화하게. 습관이 되면 술 취해도 자동으로 할 수 있게 됨."

암요암요. 많이 배우고 갑니다. 하지만 드라마는 드라마일 뿐, 현실의 연애는 다르다. 가능하면 서로의 휴대전화는 멀리하려 노력하되, 만일을 대비해 자나 깨나 휴대전화를 조심하자. 드라마 속 이선균의 이 대사처럼. '방심, 그건 우리 가장 가까이에 있는 적이다.'

의심받을 일을 하지 않으면 그만 아니냐고? 난 당당하다고? 음, 그 옛날 선인들도 말씀하시지 않았던가. '털어서 썸 하나 안 나오는 사람 없다'고.

——— 난 지문인식임 기자 nocheating@j*.kr

드라마 '질투의 화신'

질투의 화신, 뭉크처럼 절규하다

**연애를
드라마로
배웠네**

2016년 8월부터 두 달간 방송된 SBS 드라마 '질투의 화신'을 기억하는 팬들이 많을 거다. 이 드라마는 질투라곤 몰랐던 마초 기자 이화신(조정석 분)과 재벌남 고정원(고경표 분)이 생계형 기상캐스터 표나리(공효진 분)를 만나 질투로 스타일 망가져가며 애정을 구걸하는 양다리 로맨스다.

두 남자 주인공이(특히 재벌남이) 한 여자를 좋아하는 설정이야 진부하기 이를 데 없는데, 기존 드라마와 다른 것은 두 남자의 질투를 적나라하게 표현했다는 점이다. 이 드라마에선 남주가 다른 드라마처럼 '가오' 잡고 자신의 사랑을 그럴싸하게 포장하지 않는다. 조정석은 코미디인지 정극인지 헷갈리게 하는 맛깔 나는 연기로 남자의 질투심을 더없이 잘 표현한다. 두 남자가 싸울 때마다 흘러나오는 김건모의 '잘못된 만남'도 드라마에 감칠맛을 더한다. 어찌 보면 이 드라마는 '질투'가 진정한 주인공이 아닐까.

드라마를 볼 때마다 떠오르는 그림이 있는데 에드바르 뭉크(Edvard Munch · 1863~1944)의 '질투'다. 남녀가 행복하게 어울리는 모습을 보고 복잡미묘한 표정을 짓고 있는 맨 앞의 남자가 꼭 이화신 같지 않은가. 아마도 이 그림의 배경음악도 김건모의 '잘못된 만남'일 것만 같다.

드라마니 남의 일이라고 깔깔거리고 마음껏 웃지만, 사실 살면서 질투 한번 안 해본 사람은 없을 거다. 한번 불타오른 질투의 감정은 아무리 성인군자라도 쉽사리 다스리기 어렵다. 내 인격의 바닥이 드러나는 것 같아 괴로우면서도 상대를 향한 집착과 소유욕을 거둘 수 없는 감정의 상태. 나도 '질투' 하면 떠오르는 때가 있다.

질투, 그 솔직하고도 어쩔 수 없는 감정

직장 생활을 시작한 지 몇 년 지난 뒤다. SNS를 통해 대학 동기를 다시 만나게 됐다. 대학생 땐 꽤 친했던 사이였는데 서로 취업 준비를 하고 직장 생활에 적응하느라 연락이 중단된 지 오래였다. 어느 날 그 친구가 내 SNS에 댓글을 남겼고, 오랜만의 인연이 반가웠던 나는 곧

THE SCREAM, EDVARD MUNCH, 1910

> 한번 불타오른 질투의 감정은
> 아무리 성인군자라도
> 쉽사리 다스리기 어렵다.

장 "밥 한번 먹자"고 약속을 잡았다.

약 10년 만에 만난 그는 대학생 때 그대로였다. 그와 함께 있으면 예전의 풋풋하고 상큼했던 나의 대학생 시절이 떠올랐다. 잔뜩 찌들었던 현실에 새로운 환풍기가 생긴 기분이랄까. 그와 대학생 시절의 추억을 이야기하고 있노라면 밤이 깊어지는 줄 몰랐다. 그렇게 우린 서로 가까워졌다. 그를 향한 나의 마음도 점점 커졌다.

하지만 얼마 지나지 않아 그를 좋아하는 사람이 또 있다는 걸 알게 됐다. 그의 SNS를 뒤적이던 중, 그의 모든 게시물에 댓글을 다는 묘령의 여자를 발견한 것이다. 그 여잔 별 시답잖은 음식 사진이나 풍경 사진에도 댓글을 달아댔다.

"와 맛있겠네요~ 같이 먹으러가요"
"직접 보면 더 멋질 거 같아요. 담에 저도 데려가 주세요"

곧장 그 여자의 타임라인으로 들어가봤다. 나보다 한참이나 나이가 어려보이는, 귀여운 인상을 한, 외모로 보면 충분히 매력적인 여자였다. 순간 가슴이 미친 듯이 뛰기 시작했다. 그 여자의 모든 게시물을 꼼꼼히 확인해봤다. 띄엄띄엄 대학 동기가 달아놓은 댓글이 보였다. 둘은 예전부터 아는 사이로 이미 꽤 친한 사이 같아 보였다. 머릿속이

154

복잡해지기 시작했다. 아직 동기와 나의 사이에 뭐가 있는 것도 아니라 대놓고 "그 여자 누구냐"고 물어볼 수는 없는 노릇이었다.

이후 나의 일과는 틈이 나는 대로 둘의 타임라인을 번갈아 들어가는 것이었다. 둘의 관계가 어떤 건지 정확히 파악부터 해야겠다는 생각에서다. 며칠 지나지 않아 동기의 타임라인에 뮤지컬을 보러 갔다 왔다는 내용의 게시물이 올라왔다. 불길한 예감이 들었다. 아니나 다를까, 잠시 후에 그 여자의 댓글도 확인할 수 있었다.

"오빠 공연 짱짱. 완전 재밌었지~."

해피엔딩이나 극적인 반전을 기대했다면 미안하다. 얼마 안 있어 그 여자아이의 타임라인에는 장미꽃 한 다발의 사진이 올라왔다. 역시나 동기의 선물이었다. 여기서 나는 마음을 접어야 했다. 제대로 펼쳐보지도 못하고 마음을 '스킵'당한 듯한 찜찜함에 한동안 둘의 SNS를 떠나지 못했다. 나의 찌질하고 시시하며 보잘것없는 사랑 이야긴 여기까지다. 이 글을 쓰며 다시 둘의 SNS에 들어가 봤는데, 아직도 잘 만나고 있는 것 같다. 빨리 결혼이나 해버렸으면 좋겠다.

'질투' 하면 역시 이 그림을 빼놓을 수 없다. 떠나가는 두 사람을 배경으로 한 처절한 질투의 그림자. 뭉크의 '절규'다. 뭉크는 그림을 통해

155

인간 내면의 고독과 불안, 공포의 감정을 깊게 파고들었다. 실제 질투를 경험해보지 않고서야 이렇게 절절하게 표현해낼 수 있었을 리가 없다. 뭉크는 이룰 수 없었던 사랑을 향한 질투심을 그림으로 극복해내려 한 게 아닐까.

한때 질투의 화신이었지만 승천하지 못하고 한 줌의 재로 사그라져야만 했던 수많은 사람에게 이 글을 바친다.

―――― 질투의화신 기자 jealousy@j*.kr

영화 '최악의 하루'

왜 사랑 앞에서 거짓말을 해야 할까

연애를
영화로
배웠네

6개월 어학연수 중 만난 K오빠에게 난 한국에 남자친구가 있다
는 사실을 밝히지 않았다. 작정하고 속이려 했던 건 아니었다. 그가
한 번도 "남친은 있냐"고 묻지 않았고(왜 없을 거라 생각한 거니), 난 답할
기회를 얻지 못했을 뿐이다.

나름의 변명도 있었다. 떠나오기 전, 어학연수에 반대하는 남자친구
L과 지겹도록 싸웠고, 결국 비행기를 타던 시점까지 제대로 화해하
지 못했다. 게다가 나와 한시도 떨어져 있기 싫다던 그놈께선 내 출국
전날 친구들과 새벽까지 술을 마시고 곯아떨어졌다며 공항에 코빼기
도 보이지 않았단 말이다. 그래 비행기 안에서 맥주캔을 우그러뜨리
며 "너랑은 이제 끝" 셀프 이별을 선언했었단 말이다.

‘최악의 하루’(김종관 감독)의 여주인공 은희(한예리 분)에게도 사정이 있었을 게다. 영화에서 그는 남자 셋을 동시에 만나며 이들에게 태연자약 크고 작은 거짓말을 하는 여자로 그려진다.

남자친구 현오(권율 분)와 약속을 해놓고는, 길에서 우연히 마주친 일본인 소설가 료헤이(이와세 료 분)와 차를 마시며 빈둥댄다. "오고 있어?"라는 질문에는 "응, 가는 중이야"라고 답하면서.

남자친구와 소원했던 시기에 만난 부인이 있는 남자 운철(이희준 분)은 어떻게 알았는지 은희가 있는 곳을 잘도 찾아온다. 그렇게 하루 동안 세 남자가 얽히고 그동안 그들에게 내뱉었던 거짓말이 폭로될 곤경에 처한 은희. 그렇게 '하느님이 내 인생을 망치려고 작정한' 듯한 '최악의 하루'가 시작됐다.

사랑할수록 진심을 감추게 되는 모순

사람들은 왜 사랑 앞에서 자주 거짓말쟁이가 될까. 상대의 마음을 얻기 위해, 혹은 상처를 덜 받으려, 때론 상대방에게 상처를 덜 주고 싶어(라는 핑계로) 내뱉는 거짓말들은 사랑에 독일까, 약일까. 꽤 오래, 여러 사람에게 다양한 거짓말을 하고 들으며 살아왔지만 아직도 답을 모르겠다. 그저 사랑을 할 때 사람은 얼마나 약하고 이기적인 존재가

WORST WOMAN, 2016

"

세상이 반드시 정의로운 건 아니지만,
무리하게 쌓은 거짓말은
언젠가 민망한 비극으로 돌아온다.

"

되는가를 생각해볼 뿐이다.

상대를 사랑하면 할수록 점점 진실을 감추게 되는 슬픈 모순. 아는 이 없는 타국에서 K오빠가 전해줬던 그 별것 아닌 안도감, 그걸 잃어버릴까 두려워 기꺼이 거짓을 택했다. 한국의 남자친구와는 틈틈이 메일과 전화를 주고받으며 지냈다. '좋아하는 사람이 생겼다'고는 말하지 않았다. '돌아가면, 다 고백하고 제대로 헤어져야지'라고 늘 생각했지만, 사실은 알았다. 나는 또 거짓말을 하게 될 거라는 사실.

세상이 반드시 정의로운 건 아니지만, 무리하게 쌓은 거짓말은 언젠가 민망한 비극으로 돌아온다. '최악의 하루'에서 은희가 속였던 구 남친과 현 남친이 남산 자락에서 딱 마주친 그 순간처럼. "언제부터 은희랑 만났어요?" "몇 년 됐는데요." "어? 나도 작년부턴데?" 이런 대화들을 나누는 두 남자 앞에서 은희는 손만 휘휘 내젓다 그만 주저앉고 만다. 이 장면은 영화의 하이라이트이자 가장 코믹한 장면이기도 하다.

은희의 거짓말을 확인한 두 남자, 끈끈한 동지애라도 생겼는지 "내려가서 술이나 마시자"며 은희를 남겨두고 떠난다. 둘은 화를 내는 척했지만 사실은 안도했을지도 모른다고, 그 장면을 보며 생각했다. 그들 역시 은희에게 솔직하지 않았으니까. 현오는 예전 여자친구와의 관계를 완전히 정리하지 않았고, 운철은 "아내와 헤어지겠다"고 계속 말했지만 그럴 생각이 없다.

"그래서… (부인과) 어떻게 하기로 하셨어요?"

라는 은희의 질문에 대한 운철의 답은 역대급으로 찌질한 궤변이다.

"음. 나는 행복해지지 않기로 했어요. 나 (아내와) 재결합하려고요."

내게도 최악의 하루가 닥쳐왔다. 어학연수가 끝날 즈음 K오빠와 이별하고 한국으로 돌아왔다. 자연스럽게 남자친구를 다시 만났다. K오빠 이야기? 물론 하지 않았다. 전화로 "넌 어찌 그렇게 독하냐"고 울던 K가 연락도 없이 한국으로 날아왔다. 어느 가을 날, 수업이 끝난 후 남자친구와 강의실 건물 계단을 내려가는데 K오빠가 건물 앞을 서성이고 있었다. 순간 든 생각은 '망했다'였다.

무슨 낌새를 챘는지 공항에 내리자마자 무작정 학교로 찾아와 과방에 들러 내가 어떤 수업을 듣는지 동기들에게 물어본 모양이었다. 나를 발견한 그가 굳은 얼굴로 뚜벅뚜벅 걸어오니 남자친구가 물었다.

"뭐야, 아는 사람이야?"
"아… 아… 어… 그게…."

그 뒤 상황은 생략하기로 하겠다.

'최악의 하루'가 던지는 메시지는 뭘까. '거짓말하지 말자?'같은 초등 도덕 교과서스러운 답일 리는 없고. 연애할 때 유독 빛을 발하는 비겁한 욕망과 자기모순을 한번 들여다봐주겠어, 정도가 아닐까. 사실 '다들 그런 거 아니야?'라고 조금 부끄러워하고, 조금 안도하면서. 영화 속 은희는 못 나가는 배우다. 영화 시작과 끝, 이런 대사를 읊조린다.

> "저한테 뭘 원하는지 모르겠지만, 그걸 드릴 수도 있지만, 그게 진짜는 아닐 거예요. 진짜라는 게 뭘까요? 전 사실 다 솔직했는걸요."

거짓말로 엉망이 된 연애를 끝내고 난 지나치게 깊이 반성했다. 상대를 속이고 결국 나 자신을 기만하는 비겁한 연애는 절대 하지 않겠노라 결심했다. 밀당도, 내숭도, 주도권 다툼도 싫고, 거짓말은 소름끼치게 싫었다.

'직진녀'로 변모한 후 남자들에게 신비감이 없다, 질린다, 부담스럽다는 말을 종종 들었다. 어쩌라는 건가. 그리고 시간이 꽤 흘러 친구 A가 말했다.

> "사실 너 어학연수 가 있는 동안 L이 후배 P랑 딱 붙어 다녔는데, 너 기

분 나쁠까 봐 말 못했어."

오마이, 네가 그러면 그렇지… 그리고 나는, 살짝 안도했다.

────── 한점부끄럼없는 기자 betruthful@j*.kr

노래 '나만 바라봐'

외모·성격 완벽남을 나는 외면했네

연애를
K-POP으로
배웠네

누구에게나 리즈 시절은 있다. 이른바 내 인생의 빛나는 전성기 말이다. 나에게도 그런 시절이 있었다. 아련한 청춘의 봄날 나는 전성기였고 연애도 쉽게 성공했다. 그리고 그때 나의 이상형도 만났다. 외모뿐 아니라 성격까지 내 맘에 쏙 들었던 이 남자를 편의상 '태양 군'이라 하자.

그는 말했다. 나만 바라보라고. 지금 돌이켜보면 말도 안 되지만 태양 군은 나에게 헌신적이기까지(!) 했다. 순정만화 주인공처럼 나만 바라보는 이 남자 때문에 몸서리쳐지게 행복한 나날이었다. 그저 모든 게 신기하고 감사했다.

하루에도 몇 번씩 널 보며 웃어 난

수백 번 말했잖아 You're the love of my life

– '나만 바라봐' : 태양 노래, 테디 작사(이하 동일)

하지만, 어리석게도 나는 점점 만남에 익숙해졌다. 시간은 흐르고 흘러 특별함과 감사함을 앗아갔다. 태양 군은 언제고 내 옆에 있을 당연한 존재가 됐다. 모든 커플이 그렇듯 자연스럽게 관계는 녹슬었고, 권태기가 찾아왔다.

그런데 하필 난 전성기였다. 다른 사람을 만날 기회가 화~알짝 열려 있었다. 그것도 썩 괜찮은 남자와 말이다(그땐 그랬다). 문제는 내가 태양 군과 깨끗이 헤어질 자신이 없었다는 거다. 헤어지긴 아쉬우니 태양 군도 만나고 뉴페이스도 만났다(그래, 나 나쁜 년이야).

가끔 내 맘 변할까 봐 불안해할 때면

웃으며 말했잖아 그럴 일 없다고

가끔씩 흔들리는 내 자신이 미워

오늘도 난 이 세상에 휩쓸려 살며시 널 지워

비겁한 변명을 하자면 그렇다고 해서 다른 사람과 열렬히 사랑을 한 건 아니다. 뉴페이스만 가능한 낯선 긴장감이 좋았다. 처음 사랑을 시

BIG BANG-TAE YANG

"

내가 다른 사람을 만나며
태양 군의 공백을 깨달았을 때,
태양 군은 나의 공백에 익숙해졌다.

"

작할 때 어색하고 서투른 단계가 그리웠다.

태양 군은 달라진 나를 의심했다. 갑자기 조별 과제가 늘고, '네가 모르는' 친구 혹은 가족과 약속이 많아졌기 때문이리라. 그때마다 나는 "나를 못 믿는 거냐"며 더 크게 역정을 냈다. 난 들키지 않았고 (내가 기억하기에는) 태양 군과 적당히 멀어진 채 평형 관계를 유지했다.

> 내가 바람 펴도 너는 절대 피지마 Baby
>
> 나는 너를 잊어도 넌 나를 잊지마 Lady
>
> 가끔 내가 연락이 없고 술을 마셔도
>
> 혹시 내가 다른 어떤 여자(남자)와
>
> 잠시 눈을 맞춰도 넌 나만 바라봐

그래서 결론이 뭐냐고? 처음에는 나의 선택이 꽤 영리해 보였다. 난 잠시 설렘을 느낄 수 있었고, 다른 사람을 만나며 오히려 태양 군이 최고라는 확신도 생겼다. 역설적으로 나는 다른 사람을 만나며 태양 군의 소중함을 절실히 깨달았다.

결코 자만하지 말지어다

그렇다고 해피엔딩은 아니다. 태양 군은 나의 소홀함을 극복할 수 없는 권태의 결말로 받아들였다. 내가 다른 사람을 만나며 태양 군의 공백을 깨달았을 때, 태양 군은 나의 공백에 익숙해졌다. 내가 태양 군만 바라보겠다고 결심했을 때, 태양 군은 나 없이도 잘 살 수 있는 남자가 돼 있었다.

> 너만은 언제나 순수하게 남길 바래
>
> 이게 내 진심인 걸 널 향한 믿음인 걸
>
> 죽어도 날 떠나지마

덧붙이자면, 나는 한동안 태양 군을 잊지 못했다. 그리고 배신감까지 느꼈다(어이없다는 거 안다). '나의 결론은 너였는데 결국 날 버린 건 너'라는 식의 배신감이었다. 밤에 술에 취해 "나를 안 보고 평생 살 수 있느냐"며 진상도 부렸다. 하지만, 이미 차갑게 식어버린 마음은 돌이킬 수 없었다. 그리고 나 없이도 잘 살더라.

또 덧붙이자면, 태양의 '나만 바라봐'가 발매된 2010년, 나와 태양 군은 권태기를 앓고 있었다. 그때로 되돌아간다면, 되돌아갈 수만 있다면 난 이렇게 피처링하고 싶다. '알았어. 너도 나만 바라봐'라고.

———— 찌질 기자 zzizil@j*.kr

영화 '브리짓 존스의 베이비'

결혼식으로 끝나는 영화의 지긋지긋함

연 애 를
영 화 로
배 웠 네

나 역시 현대인이므로, 실체도 모르는 '쿨함'에 중독됐다는 건 인정한다. 영화 '브리짓 존스의 베이비'(2016)에서 브리짓이 임신을 확인하던 순간 내 머리에는 '아빠는! 애 아빠한테 연락해야지!'라는 생각이 떠올랐으나 브리짓이 한동안 그걸 궁금해 하지 않는 것 같기에 '멋지다'라고 탄식해버렸다. 쿨했기 때문이다. 그 후로 영화가 계속되는 동안 혹시라도 그 쿨함이 깨질까 봐, 역시나 실체도 없는 쿨함을 신줏단지처럼 붙들어주길 바랐다.

와장창, 신줏단지는 보기 좋게 깨졌다. 영화(특히 로맨틱 코미디)가 쿨한가 쿨하지 않은가를 판단하는 기준 하나를 이참에 추가해야겠다. 그기준은 바로 '마지막에 결혼 장면이 나오는가 아닌가'다. 왜 이 영화는 결혼식 장면으로 끝났어야 하는가. 브리짓이 한 팔에 아이를 안고 있었다 해도 쿨함이 깨진 건 깨진 거다.

브리짓 머리의 면사포가 바람에 날아가버리는 식의 잔재주로 쿨한 척해본 것도 안타까웠다. '아버지를 모르는 아이를 임신했지만 내 삶은 즐겁다'로 시작한 그 극한의 쿨함을 이렇게 손쉽게 망가뜨리다니. 친한 친구의 잘못된 선택을 보는 것처럼 마음이 아팠다.

이 장면과 이 영화가 왜 이렇게 안타까울까. 대한민국 30대 여성인 내 마음부터 들여다볼 필요가 있겠다. 나는 결혼을 해야만 한다, 언젠가 할 거다(이 수많은 사람들의 지청구를 듣지 않기 위해서라도! 또 이 세상 모든 남자들과 나를 짝으로 연결시켜보려는 수많은 시도를 중단시키기 위해서라도!). 그러나 결혼은 나의 모든 것이 아니다. 만일 결혼을 하더라도 결혼 안 해도 괜찮았던 여성으로서 결혼을 할 거다. 그저 수많은 선택지 사이에서 결혼을 선택한 사람일 뿐이지 결혼을 위해 헐레벌떡 달려와 철퍼덕 넘어지며 골인한 여인으로 보이고 싶지는 않다.

복잡한 얘기가 돼버렸지만 여하튼 나에게 결혼은 구시대의 해묵은 관습이면서도 어떤 식으로도 해결해야 할 숙제와 같다. 있으면 잡아야 할 기회이되 적당히 거리를 취하는 태도를 유지해야 하는 대상이다.

BRIDGET JONES'S SERIES, 2001-2016

> 만일 결혼을 하더라도
> 결혼 안 해도 괜찮았던
> 여성으로서 결혼을 할 거다.

이 한국 땅에서조차 절반의 사람이 '결혼하지 않아도 상관없다'고 설문에 답하는 그런 시대다(설문이어서 그렇게 답했을 가능성이 크지만). 이렇게 복잡하고 이중적이기까지 한 감정을 만든 '결혼'이라는 거대한 주제를 브리짓은 단순하게 해결해버렸다.

영화의 마지막 장면에서 브리짓은 '뭐가 복잡해. 그냥 하고 싶은데 못 하는 거잖아, 맞지?' 하고 윙크하는 듯 보였다. 정말 우리는 그렇게 단순할까? 아니면 단순한 걸 복잡하게 만드는 재주가 있는 걸까? 결혼에 대한 이중적인 감정은 그저 쿨한 척함으로써 힘을 얻어 살고 있다는 방증에 불과했을까? 이 영화의 나쁜 점은 더 이상 사랑만의 문제가 아니게 된 결혼이라는 복잡한 소재를 무 자르듯 잘라서 요리해버렸다는 데 있다.

혼자라서 꼭 불행할까

만일 내가 이 영화를 만든다면 적어도 결혼식 장면은 보이지 않게 처리하고 싶다. 결혼이라는 힌트만 던져주는 장면을 넣으면서 브리짓이 결혼을 했을까 안 했을까 하는 궁금증을 자아내도록 만들고 싶다. 애 아빠가 있는지 없는지, 같이 사는지 아닌지 모르겠지만 사회의 모든 친구들과 함께 아이를 튼튼하게 키워내는 엄마 브리짓을 그려내고 싶다.

처음 만나는 사람조차 "결혼은 했느냐. 왜 안 했느냐" 또는 "애는 왜 안 낳았느냐" 또는 "남편은 뭐 하시냐"는 질문을 당연히 던지는, 그러니까 '정상적인 가족'을 디폴트로 생각하고 있는 사람 천지인 동양의 한 나라의 여인이 이 영화를 보고 '그래! 이런 현실도 곧 나아질 수 있어!'라고 여길 만한 그런 영화를 만들고 싶다.

그래, 나는 삐쳤다. 이제 브리짓이 어떤 식으로 구슬려도 마음을 안 바꿀 거다. 죽은 줄 알았던 휴 그랜트가 다시 살아나서 결혼생활을 방해하는 속편이 나온다 해도, 아이를 안고 직장에 출근하는 브리짓의 분투를 극사실적으로 그려낸다 하더라도 말이다. 16년을 성원한 브리짓의 팬 하나가 이렇게 떠나간다. 내년은 더 추울 것 같다.

───── 하하하하하(공허한 웃음) 기자 socooooool@j*.kr

영화 '플랜맨'

사랑도 계획하는 남자에 대하여

연애를
영화로
배웠네

만나기 7일 전 "다음 주말 시간 괜찮으세요?"→시간·장소 결정

만나기 5일 전 "보고 싶은 영화 있으세요?"→영화 예약

만나기 3일 전 "○○식당 어떠세요."→밥집 예약

만나기 1일 전 "변동 없으시죠?"→최종 확인

이게 뭐냐고? 나의 옛 연인 플랜맨의 데이트 공식이다. 플랜맨의 행동반경은 공식을 크게 벗어나지 않는다. 만나는 장소와 시간도 크게 달라지지 않는다. 늘 비슷한 장소에서 비슷한 코스를 거치며 데이트를 한다. 하루 종일 주고받는 연락도 크게 다르지 않다.

AM 7:00 [메시지] 오늘 날씨가 춥네요. 출근 잘 하세요.

PM 12:00 [메시지] 점심 맛있게 드세요.

PM 7:00 [메시지] 퇴근하셨나요? 저녁 맛있게 드세요.

PM 11:00 [메시지 혹은 전화] 수고 많으셨어요. 안녕히 주무세요.

알람을 맞춰놓은 것처럼 비슷한 시간, 붕어빵 틀에서 찍어낸 붕어빵처럼 비슷한 문체와 내용. 야마를 뽑자면 '출퇴근 잘 해라' '밥 잘 먹어라' '잘 자라'. 딱 세 개로 요약할 수 있다.

스킨십도 별반 다르지 않았다. 이쯤이면 적당하다 싶을 타이밍에 준비하고 연습한 것처럼 스킨십을 했다. 스킨십 단계도 문제집을 풀듯 정석대로 차근차근 진행됐다.

플랜맨이 나쁘지 않다면, 일단 잡아라

영화 '플랜맨'(2013)의 남자 주인공 정석(정재영 분)도 비슷하다. 정석은 하루 종일 분 단위로 알람을 맞춰놓고 알람에 따라 행동한다. 청결은 기본이고 눈에 보이는 건 죄다 줄을 맞춰야 직성이 풀린다. 그러다 자신과 똑 닮은 그녀(차예련 분)를 만나 운명적인 짝사랑에 빠진다(이 부분은 계획에 없던 거다). 하지만 그녀는 플랜맨을 거절한다. 자신과 너무 닮아서 싫다는 이유에서다.

약간 답답할 순 있어도
나쁜 남자 같진 않았다.
믿을 만하다고 생각했다.

이와 달리 현실의 여주인공인 나는 플랜맨의 정확하고 반듯한 부분이 마음에 들었다(처음엔). 유복한 집안에서 자라 명문대를 나와 남들보다 빨리 좋은 직장에 들어간 이 남자. 일생을 계획대로 무탈하게 살아온 사람이었다. 약간 답답할 순 있어도 나쁜 남자 같진 않았다. 믿을 만하다고 생각했다.

하지만 평화는 오래가지 않았으니 바로 나의 성격과 직업 때문. 나는 본디 즉흥적이고 충동적인 여자다. 본성을 오래 숨길 순 없다. 게다가 예측 불가능을 주특기로 삼는 '기자'가 아닌가. 어찌 보면 플랜맨과 나는 상극의 조합이었던 셈이다. 나의 자유분방함은 점점 갑갑함을 느꼈고, 무엇보다 기자란 직업상 돌연 바쁜 일이 늘었다.

> "어머 어머 어쩌죠~ 급히 마감해야 할 기사가 있어서 약속 시간을 미뤄야 할 것 같아요."
> "죄송해요, 급한 취재 일정이 생겨서 오늘 말고 내일 뵙는 건 어떨까요."

(짜증나는 상황이라는 건 안다만) 플랜맨의 인내심은 매~우 짧았다. 계획에 없는 일 따위는 하지 않는 사람이 아닌가. 플랜맨은 나를 만나며 자신의 계획적인 삶이 틀어지는 걸 견딜 수 없었다. 신앙처럼 떠받들었던 인생의 밸런스가 와장창 무너진다고 느꼈을지도 모른다.

영화 속 플랜맨은 다르다. 짝사랑을 포기할 수 없는 정석은 평생 처음으로 '무계획적인 삶'을 결심하고 그녀의 후배 소정(한지민 분)에게 도움을 요청한다. 자신을 강박했던 시계를 벗어 던지고 알람을 끄고 카오스의 세계로 몸을 날린다. 그리고 깨닫는다. 인생은 예상하지 못한 즐거움으로 가득하다는 사실을.

다시 현실. 결론적으로 나는 플랜맨을 변화시키지 못했다. 나는 한지민이 아니니까(당당). 현실의 플랜맨은 자신을 바꾸는 대신 과감히 나를 버리고 계획대로 돌아가는 온실 같은 삶을 택했다. 그래도 묻고 싶다.

"플랜맨, 계획대로 되는 게 사랑인가요?"

―――― 어쨌든버려진 기자 noplan@j*.kr

동화 '회색 아이'

웃겨서 연애하는 여자에 대하여

연애를
동화로
배웠네

어딘가에 나 같은 사람이 한 명은 있을 거다. 그 믿음을 가지고 이 글을 시작한다.

나는 회색이다. 가장 길었던 연애는 대학 2학년에 시작했다. 졸업하고도 우리는 만났다. 많은 감정을 느꼈다. 친구에서 연인으로 명명될 때의 미묘한 감정, 처음 손잡고 키스할 때의 어색함, 누군가 옆에 있어서 채워졌던 마음….

그런데 사랑이었을까? 글쎄다. 그 남자가 들으면 기절할 얘기지만, 나는 처음에 그가 웃겨서 좋았다. 하는 말마다 웃었다. 그를 옆에 두고 계속 웃고 싶었다. 그다음에는 같이 밥 먹을 사람이어서 좋았던 것 같다.

또 공강 시간에 멍하니 있지 않아도 돼서, 그 맛에 연애를 했던 것 같다. 스킨십도 좋았지만, 다른 남자였어도 좋지 않았을까(이 부분에서는 기절 정도가 아니라 병원에 실려 갈 것 같다).

사랑이라는 감정에 목마르지 않은 사람도 있다

함께 있지 않으면 죽을 것 같은 불타는 사랑? 궁금해서 묻는다. 다른 이들은 모두 그렇게 사랑하는 건가? 이게 궁금할 정도로 나는 회색이다.

혹시 나는 정신병리학의 연구 대상은 아닐까. 프로이트든 라캉이든 여튼 누군가를 주치의 삼아야 하는 것 아닐까. 개인이 파편화된 현대사회의 상징적 존재는 아닐까. 그러나 나는 지극히 평범한 가정에서 자랐고, 연애 외의 다른 감정들은 잘 느끼는 편이다.

친구 관계에서 특별한 문제가 생겼던 기억은 별로 없다. 그런데 왜 남자에 폭 빠져 허우적거려 본 적이 없는 걸까.

이렇게 주장해보고 싶기도 하다. 사랑이란 감정은 절대적인가? '남자친구=심하게 친한 친구'인 게 그렇게 이상한가? 짜릿함이라는 걸 못 느끼는 감정에는 정말로 문제가 있는 것인가?

그러나 내게는 역시 항변보다 구걸(?)이 어울린다. 혹시 정말 한 사람도 없을까? 이 글을 읽으며 뜨끔하시는 분. 아, 그전에 동화 '회색 아이'를 읽고 어떤 기분인지도 좀 알려주시면 좋겠다. 동화의 주인공 마르틴은 머리부터 발끝까지 회색으로 태어났다. 도무지 웃지도 울지도 않는다. 남극에서 커다란 흰 고래를 보고도, 화산이 폭발하는 장면을 직접 보고도 "저게 뭐 신기하냐"고 묻는 어린아이다.

연애 이야기도 아닌데, 이 동화는 왜 이렇게 절절할까. 동화는 마르틴이 결국 웃음과 울음을 터뜨리는 장면으로 끝난다. 기르던 햄스터가 죽음의 문턱에서 살아 돌아왔다는 결정적 계기가 있었다. 그런데 나는 왜 이 결론을 보면서 '너만 정상으로 돌아가면 어떡해!'라는 야속한 심정마저 들었던 걸까.

마지막으로 부탁하는데, 혹시라도 아직 회색으로 남아 있는 사람이 있다면 나와 고민을 나눠주길 바란다. 회색에도 여러 빛깔이 있겠지만, 혼자 회색인 것보다는 나으니까!

—— 무감정 기자 stillneedaman@j*.kr

노래 '마법의 성'

남자의 눈물 뒤에 감춰진 것

연애를
노래로
배웠네

믿을 수 있나요 나의 꿈 속에서

너는 마법에 빠진 공주란 걸

언제나 너를 향한 몸짓에

수많은 어려움 뿐이지만

– '마법의 성': 더 클래식 노래, 김광진 작사(이하 동일)

여기서 퀴즈 하나. 이 노래에서 주인공이 구해야 할 공주가 갇혀 있는 곳은 어디일까? "당연히 마법의 성이지"라고 생각한 당신, 인생 그렇게 단순하게 살면 안 된다. 그게 이 노래의 첫 번째 함정이다.

마법의 성을 지나 늪을 건너

어둠의 동굴 속 멀리 그대가 보여

이제 나의 손을 잡아 보아요

우리의 몸이 떠오르는 것을 느끼죠

이제 알았나? 이 가사 속에서 마법의 성은 그냥 주인공이 지나가는 길에 있는 경유지일 뿐이다. 공주가 잡혀 있는 곳도, 공주를 감금하고 있는 용이나 마물이 사는 곳도 아니다. 그런데 왜 노래 제목은 '어둠의 동굴'이 아니라 '마법의 성'인가? 내 말이 그 말이다.

이 노래의 폐해는 여기서 끝나지 않는다. 이 노래는 감수성 예민한 많은 사내들에게 사랑이라는 것을 하기 위해서는

쉽게 성취되어서는 안 되고

사랑의 대상은 공주라야 하고

그 공주는 누군가에게 괴롭힘을 당하고 있어야 한다는

매우 까다로운 조건을 암암리에 요구하고 있다. 다시 말해 저 노래가 유행하던 시절, 많은 10대 후반, 20대 초반의 젊은이들이 이 노래로부터 '아무 위협도 없이, 평탄하게 성장해, 교회 후배나 동네 친구 여동생과 사귀게 되는 것'은 '당최 사랑으로서의 로망 따위 없는 아무 쓸모없는 짓거리'라는 생각을 주입 당했다는 말이다.

그 결과 수많은 순진한 젊은 양들은 넘치는 애정을 쏟아부을 상대로 저 멀리에 있는 흰 살결의 가녀린 공주들(최소한 공주라고 했을 때 일본의 사야코 공주를 상상하지는 않는다)을 꿈꾸게 되었다.

남자들의 영원한 환상

꿈꾸는 거야 나쁠 게 없지만 그 공주들은 내가 구원해줘야 하는 대상이어야 하므로(공주들 곁에 남자가 없을 리 없잖은가), 자기가 찍은 공주 곁에 있는 남자는 제멋대로 괴물로 만들어버리고 만다.

많은 주인공이 어떤 식으로든 공주에게 자신을 어필해 '구원의 손길'을 뻗어보지만, 객관적으로 보면 이미 공주 곁에 있는 남자친구들은 어떤 면에서든 소위 주인공보다 나으면 나았지 못할 데가 없기 때문에, 이 구원의 손길은 쉽게 무시되곤 한다.

꽤 오래전, 필자에겐 의성이라는 친구가 있었다(당연히 가명이다). 지금은 아니지만 대학생 시절의 의성이는 제법 수려한 풍모에다 유머감각과 상당한 운동 실력까지 갖춘 고급 자원이었다. 어느 날 그에게 동아리 후배 A군이 술 한 잔을 청해왔다.

A군은 용모며 학벌이며 빠질 데 없는, 장차 한국 과학계를 이끌어갈 인재였지만 자신의 모든 행동을 일관된 이론으로 설명하지 못하면

여자들은 산부인과 신생아실에서부터
누가 나한테 눈길을 주는지,
어느 신생아랑 어느 신생아가 썸을 타는지
다 알아.

납득하지 못하는 약간 답답한 면이 있었다('빅뱅 이론'의 셸든으로 가는 초기 상태라고 볼 수 있다). 당연히 20대 여성들에겐 이런 타입이 큰 매력을 갖지 못한다.

A군이 같은 동아리의 B양을 사모하고 있는 사실과, B양이 A군에게 큰 매력을 느끼지 못하고 있다는 것은 공공연한 비밀이었다. 단연 그 동아리의 공주였던 B양은 많은 남자들의 선망의 대상이었으나 예쁜 얼굴과는 전혀 다른 선머슴 같은 성격으로 주위의 공격을 조기 차단하는 희한한 공력의 소유자이기도 했다. A군의 내공으로는 쉽지 않은 상대였다.

네가 바로 한 걸음 뒤에 있기 때문에…

술 몇 잔이 들어가자 A군은 의성이에게 이런저런 고민을 털어놓다 마침내 본 의제에 도달했다. 자기는 B를 너무나 너무나 사랑하는데 B는 자신에게 눈길조차 주지 않으며, 자신이 B에게 그 흔한 동아리 동기 이상도 이하도 아니라는 게 너무나 너무나 가슴 아프다는, 진정 흔해빠진 연애 상담 내지 한탄이었다. 평소 같으면 그냥 좋은 말로 다독거렸을지도 몰랐지만, 마침 날이면 날마다 누군가로부터 이런 상담에 진력나 있던 의성이는 그냥 A에게 진짜 인생을 가르쳐주기로 마음먹었다.

"A야, 너 '인형의 꿈'이란 노래 아니?"

"그럼요."

"그 노래 가수 후렴구가 어떻게 되지?"

"한 걸음 뒤엔 항상 내가 있었는데 그댄 영원히 내 모습 볼 수 없나요 워워~~ 나를 바라보며 내게 손짓하면 언제나 사랑할 텐데…"

"그래. 바로 그 가사야. 그런데 그 노래에서 '그대'가 왜 뒤를 안 돌아보는지 아니?"

"글쎄요…?"

"그건 말이지, 네가 바로 한 걸음 뒤에 있는 걸 알기 때문이야."

심한 충격을 받은 A군은 몸을 부르르 떨었지만 의성이는 그냥 진실을 얘기하기 시작했다.

"…그러니까 어떤 남자가 어떤 여자한테 고백을 하면 여자들은 백이면 백 다 그래. '어머, 힌트라도 주지. 난 네가 날 좋아할 거라곤 상상도 못했어.' 너 그게 가능할 거라고 보냐?"

"가능할 수도 있지 않아요? 뭐 눈치가 없다든가…"

"천만에. 그거 다 개뻥이야. 있을 수 없는 얘기야. 여자들은 산부인과 신생아실에서부터 누가 나한테 눈길을 주는지, 어느 신생아랑 어느 신생아가 썸을 타는지 다 알아. 그게 여자야. 뭐 네가 날 좋아하는지 몰라? 모르는 이유는 딱 하나야. 뭘까? 제발 모르고 싶기 때문이야. 그럼 왜 모르고 싶을까?"

"그만, 그만 하세요."

자기 설명에 자기가 도취되어 있던 의성이는 A군이 IQ 160의 수재라는 사실을 잊고 너무 심도 있는 설명을 하고 있었다는 걸 깨달았다. 바로 입을 다물었지만, 이미 늦었다. 눈물이 그렁그렁하던 A군의 울음보가 터져 버린 거다.

"그래도… 그럼… 그런… 왜… 흐히… 이건… 흐이이흥, 흥, 흐륵."

남자가 눈물을 억지로 참을 때 내는 기기묘묘한 의성어와 함께 A군은 고개를 숙였고, 닭똥 같은 눈물이 바닥에 뚝뚝 떨어졌다. 닭갈비는 다 타들어갔고, 둘은 그때부터 말없이 소주잔을 비웠다.
더 있다간 A가 큰 사고를 칠 것 같아 불안해진 의성이는 재빨리 A군을 일으켜 세우고, 얼른 술값을 계산했다. 하지만 돈을 내고 나와 보니 A는 괴성을 지르며 슬레이트로 된 앞집 연통을 부수고 있었다. 의성이는 진땀을 흘리며

"형, 한 잔만 더 해요. 나 정말 집에 가기 싫어요. 형 나 돈 많아요. 오늘 알바비 받았어요"

하고 외쳐대는 A를 질질 끌고 큰길로 나와, 강제로 택시를 잡아 태우고 나서야 긴 한숨을 내쉬었다.

사실 이날의 술자리는 의성이에게 제법 영향을 미쳤다. 그 동아리의 다른 남자들과 마찬가지로 의성이도 B에게 어느 정도 마음이 있었던 거다. 하지만, A의 그 참상을 보고 난 의성이에게선 B에 대한 마음이 싹 달아났다. 세상에 여자가 어디 하나냐. 만약 그와 B가 커플이라도 되는 날엔… 상상하기도 싫었다. 세상에 어디 여자가 하나냐.

그로부터 꽤 긴 시간이 흐른 뒤, B는 훌륭한 배필을 만나 결혼했다. 누구도 구해낼 수 없을 대괴수 용가리의 품에 안겨 어둠의 동굴 속에 안착한 것이다. A도 '한 걸음 뒤에서 늘 A를 바라보던' 후배와 결혼했다. 그리고 또 꽤 시간이 지난 뒤, 의성이는 몰랐던 진실을 하나 알게 됐다. B가 애당초 그 동아리에 들어온 것이 바로 자신 때문이었고, 몇몇 친한 여자 선배들에게 그걸 상담했으며, 자신만 빼고 꽤 많은 사람들이—A를 포함해서—그 사실을 알고 있었다는 거였다.

의성이는 비로소 깨달았다. A가 그날 자신을 상담 상대로 선택한 것이 결코 우연이 아니었음을, 그리고 그것이 바로 잠재적인 '어둠의 동굴 속 괴물'이 될 수 있는 자신과 B 사이를 갈라놓기 위한 선택이었음을.

A는 비록 세상 무엇보다 여자를 좋아하지만, 후배 앞에서 안면 깎이는 선배가 되는 것만은 반드시 피하려 할 것이라는 의성이의 특징을 너무나 정확하게 간파하고, 냉철하게 계산된 전략적 행동에 나선 것이었다. 비록 A와 B가 연결되지는 못했지만, STEP 1은 매우 효과적인 성공으로 끝났던 것이다.

　　그러나 언제나 굳은 다짐뿐이죠
　　다시 너를 구하고 말거라고
　　두 손을 모아 기도했죠
　　끝없는 용기와 지헬 달라고

이 이야기를 들은 날, 그날은 바로 의성이가 인생을 배운 날이라고 전해진다.

———— 병맛 기자 Mahobyungmot@j'.kr

4

이별과 삽질도 때론
보석을 캔다

이별에서 얻는 주옥같은 교훈들

영화 '라라랜드'

그때 그 남자는 왜 나를 떠났을까

연애를
영화로
배웠네

많은 사람이 '인생 영화'로 꼽는 영화들엔 공통점이 있다. 떠나간 사랑에 대한 회한이다. '이터널 선샤인', '봄날은 간다', '우리도 사랑일까', '조제, 호랑이 그리고 물고기들' 같은 영화는 하나같이 이런 질문을 던진다.

"도대체 왜 '그때 그 사람'은 나를 떠났을까."
"죽고 못 살았던 우리는 왜 헤어졌지."
"사랑하니까 이별한 걸까."
"어떻게 사랑이 변하니."

일련의 인생 영화들은 사랑의 '유한성'을 아쉬워하는 듯 보이지만 사실은 무척이나 경배한다. 끝내 이루어지지 않기에 영원한 것, 결국엔 사라져버리므로 완벽한 것, 이별마저 마음의 훈장이 되는 것, 그게 사랑이라 말한다.

여기 또 한 편의 인생 영화가 있다. 그 이름도 신나는 '라라랜드'다.

한때는 열렬히 사모했던 이 커플. 이들은 영화 내내 발정 난 비글처럼 즐겁게 연애질을 하더니만 별안간 헤어진다. "나는 너를 영원히 사랑할 거야"라는 희대의 고백을 남기고 말이다. 얼핏 '라라랜드'는 앞서 말한 영화들과 비슷해 보인다. 그런데 하나가 더 있다. 바로 "만약에?"라는 가정법이다. 영화는 만약 그들이 영원히 사랑했다면 정말 어땠을까. 상상하며 한 걸음 더 들어간다.

> "만약에 처음 만난 너에게 열렬히 키스했다면 우리의 미래는 달라졌을 텐데."
> "만약에 우리가 서로의 꿈을 더 존중했다면 헤어지지 않았을 텐데."
> "만약에 너와 헤어지지 않았다면 우린 행복한 가정을 꾸렸을 텐데."

영화는 상상 속의 장밋빛 미래를 펼쳐보인다. 불가능한 미래는 오색빛깔, 휘황찬란, 눈부시다. 환상의 구역 '라라랜드'가 아름다우면 아름다울수록, 현실의 우리는 더 깊은 회한에 빠지고, 떠나간 사랑은 더

LALA LAND, 2016

영화는 상상 속의 장밋빛 미래를 펼쳐보인다.
불가능한 미래는 오색 빛깔, 휘황찬란, 눈부시다.

아련하게 기억될 것이다.

삼십몇 해 인생을 살며 스쳐갔던 '몇 안 되는' 남자들을 떠올려본다. 만약에 내가 그때 그 사람과 헤어지지 않고 계속 만났다면 지금의 나는 어떤 모습일까? 행복할까? 아니면 불행할까? '라라랜드'식 가정법을 내 옛사랑에도 적용해보려 한다.

첫사랑 그 녀석

모든 것이 처음이었던 그 녀석. 나는 A를 스물한 살에 만났다. 사랑의 A to Z를 내게 가르쳐준 동갑내기 A. 모든 것이 서툴렀지만 우리는 내일이 없는 것처럼 사랑했다. 처음이었으니까 이게 전부인 줄 알았다. 누군가에게 사랑받는 것이 이토록 사람을 충만하게 하는 것인지도 그때 알았다. 가진 거라곤 건강한 두 다리뿐이라 A와 나는 서울 시내 곳곳을 쏘다니며 세상에 우리밖에 없는 것마냥 '꽁냥'거렸다. 젊었으니까. 스물한 살이었으니까. 날카로운 첫 키스의 기억도 아스라이 지나간다. 심장이 튀어나오는 줄 알았는데.

Q. 만약에 첫사랑 A와 계속 함께했다면 어떻게 됐을까? (가)로 가시오.

어학연수 가서 만난 그 남자

이국의 밤은 사람을 들끓게 만든다. 두 번째 연애는 불현듯 찾아왔다. B 역시 영어 무식자로 살다가 연수를 온 한국 사람이었다. 사실 B와 연애할 생각은 눈곱만큼도 없었다. A를 채 잊기도 전이었으니까. 그런데 말이다. 어쩔 수가 없었다. 우리는 운명처럼 서로를 알아봤다. 생각해봐라. 이 멀고 먼 이국땅에서 하필 지금 여기 함께 있다니. 얼마나 운명적이고 로맨틱하냔 말이다. 게다가 B는 틱틱 거리다가 뒤로 챙겨주는 치명적인 '츤데레'였다. 낯선 땅에서 운명처럼 만난 나쁜 남자에게 빠져들지 않기란 얼마나 어려운 일인가.

Q. 만약에 운명의 남자 B와 헤어지지 않았다면 어떻게 됐을까? (나)로 가시오.

회사원이던 그 사람

어른다운 연애를 하고 싶었다. 시행착오를 몇 번 겪었으니까 이제는 좀 더 성숙한 연애를 할 수 있을 것 같았다. 게다가 직장인이므로 데이트 비용을 걱정할 필요도 없었다. C는 그런 나의 바람을 정확히 만족시켰다. 전쟁 같았던 20대의 연애를 지나고 보니 젠틀하고 안정적인 C가 마음에 들었다. 바라보기만 해도 불꽃이 튀는 사랑은 아니었지만 번듯한 직장에 착한 마음씨가 좋았다. 그렇게 계속되는가 싶었다.

Q. 만약에 C와 끝까지 함께했다면 어땠을까? (다)로 가시오.

(가) 첫사랑은 무슨 얼어죽을

첫사랑과 이어지다니 이렇게 로맨틱할 수가. 그런데, 헐! 아마 그 녀석과 결혼했다면 나는 지금 애 둘쯤 딸린 초등학생 학부모가 되어 있을 거다. 먹성 좋은 자식들 때문에 생활비를 대느라 등허리가 휘었을지도 모르겠다. 헬조선에서 허덕거리며 육아를 하려니, 자아실현이니 성공이니 때려치우고 성격에 안 맞는 가정주부가 되었을 가능성도 농후하다. 철이 덜 들었던 A는 마마보이였는데, 설마 여전히 마마보이라면… 안 돼!! 자고로 첫사랑은 이루어지기 어렵기에, 완벽해 보이는 법이다. 눈물겨운 옛사랑의 추억 하나 없이 100세 인생을 견디는 건 정말 무료한 일일 터.

(나) 운명 따윈 개나 줘버려

B와 계속 만났다면 나는 아마도 B의 바람기 때문에 백골이 되었을 것이다. B와 헤어진 게 그런 이유였으니까. 한국에 돌아온 우린 장거리 연애를 시작했다. B와 나는 기차로 세 시간 거리에 있었다. 우리는 취업 준비를 하면서도 틈틈이 시간을 내어 연애를 이어갔다. 그런데 B란 놈은, 앞서 말했듯 나쁜 남자였다. 장거리 연애의 이점을 십분 활

용해 바람을 피웠다. 만약 B와 계속 만났다면, 나는 B의 바람을 용서해야 했을 것이다. 그렇게 참고 또 참으면 이 사랑은 헤피엔딩으로 막을 내렸을까. 아마도 나는 B의 배신을 응어리로 담아두고, 두고두고 괴롭혔을 것 같다. 그게 아니라면 B가 바람을 또 피웠을지도 모를 일이다. 읽!!

(다) 이럴 줄 알았으면 더 잘할걸

문제는 C가 아니라 나 자신이었다. 아마 C와 계속 만났다면 결혼을 했을지도 모르겠다. 그랬다면 이 지독한 외로움도, 우울도 없었겠지. 나는 한마디로 배가 불렀다. C는 한없이 친절했지만, 나는 착하디착한 C에게서 점점 흥미를 잃고 있었다. 이상하게 재미가 없었다. 처음엔 무미건조해서 좋았는데, 점점 이렇게 평생 살 수 있을까 확신이 들지 않았다. 배부른 고민은 C를 지치게 만들었고 결국 이별을 고했다. 그 뒤로 '쭈욱' 연애는 없었다는 전설 같은 이야기가 전해질 뿐이다. 이럴 줄 알았으면 그때 더 잘할걸. 그런데 정말 행복했을까? 정말?

이러니저러니, 나는 잘 모르겠다. '만약에'란 가정은 얼마나 달콤하면서도 등골을 서늘하게 하는가. 그저 떠나간 이들의 행복을 빌어줄 뿐. 이문세 오빠는 '옛사랑'에서 이렇게 노래했다.

이제 그리운 것은 그리운 대로 내 맘에 둘 꺼야

그대 생각이 나면 생각 난 대로 내버려 두듯이

흰 눈 나리면 들판에 서성이다

옛사랑 생각에 그 길 찾아가지.

지나간 사랑이여.

흰 눈이 나리면 라라랜드에서 만나요.

———— 신라라 기자 Lonelynight@j*.kr

드라마 '섹스 앤 더 시티'

최악의 이별이란?

연애를
노래와 드라마로
배웠네

21세기 도시 생활과 연애의 바이블 '섹스 앤 더 시티' 시즌 6에는 잭 버거라는 인물이 등장한다. 처음에는 제법 총기 있는 작가처럼 묘사되지만, 캐리와의 관계가 진행되면서 이 남자는 시리즈 사상 최악의 남자 캐릭터 중 하나로 전락한다. 그 이유는 캐리와의 이별 방법.

이 남자는 캐리와 결별-재결합을 거듭하다 어느 날 큰 꽃다발을 안고 찾아와 달콤한 밤을 함께 보낸다. 하지만 다음 날 아침 캐리의 노트북에 포스트잇 한 장을 붙여놓고 남자는 사라진다. 내용은

'I'm sorry, I can't (love you again 정도로 추정). Don't hate me'.

쪽지를 본 캐리는 꽃다발을 내팽개치며 분노를 터뜨린다.

미국과 한국의 차이를 느낄 필요 없이, 이런 식의 이별은 모든 사람이 싫어한다. 2013년 한 결혼정보 업체가 돌싱 남녀 800여 명을 대상으로 조사(왜 하필 돌싱 남녀들인지는 모르겠으나)한 결과에 따르면, '가장 싫은 이별 통보 방법'으로 남녀 모두 압도적 1위로 '갑자기 사라진 뒤 잠수 타기'를 꼽았다.

그 뒤에는 순위 차이는 있었지만 '문자를 이용한 결별', '친구를 통한 전달' 등이 이어졌다. 이 '싫은 방법'의 공통점은 모두 상대방이 '마지막 만남'을 기피하고 달아났다는 데 있다. 물론 이 순위는 '내가 이별을 통보받는 방법'을 전제로 물어본 것이다.

물론 '좋은 이별'이란 존재하지 않는다. 대체 어떻게 하면 사랑하는 이로부터 이별 통보를 받는다는 것을 덜 고통스러운 경험이 되게 할 수 있을까. 미안하지만 그런 이별법은 없다.

'잠수'가 최악의 이별 통보라는 사람들의 주장을 이해하지 못할 바는 아니다. 매일같이 하루에도 열두 번씩 전화와 문자, 톡을 주고받던 사람이 어느 날 연락이 끊긴다. 처음에는 무슨 일이 난 게 아닐까 걱정이 시작되고, 걱정이 분노로 바뀌면서 끝없는 자책이 밀려온다.

SEX AND THE CITY SEASON 6

대체 왜? 내가 뭘 잘못했길래?
다른 사람이 생긴 건가?
나에게 내가 모르는 무슨 문제가?

대체 왜? 내가 뭘 잘못했길래? 다른 사람이 생긴 건가? 내게 내가 모르는 무슨 문제가? 이런 지옥 같은 경험을 하고 나면 잠수를 타 버린 그(혹은 그녀)에 대한 처절한 원망이 마음 한 구석에 자리 잡게 된다.

그럼 이렇게 마지막 만남을 위해 성의껏 달려온, 그 사람의 목소리로 이별을 통보받으면 좀 나을까? 천만의 말씀이다. 직접 얼굴을 보고 저 질문들은 던진다고 해서 솔직한 답이 나올까? 천만의 말씀이다.

만나서 이별해야 하는 것이 좋은 이별인가? No!

개인적으로는 '마지막 만남'을 통해 이별을 전달받은 때가 인생 최악의 경험이었다. 담담한 표정으로 이별을 말하던 상대의 얼굴을 바라보며 살의에 가까운 분노를 느꼈다.

> "당신도 나를 그렇게 진지하게 생각한 건 아니잖아. 우리는 더 잘 맞는
> 상대가 있을 거야."

절대 그렇지 않다고 쥐어짜듯 외쳤지만 옅은 미소와 함께 돌아온 답은 차라리 무서웠다.

> "당신은 당신을 잘 몰라. 그리고 난 좋은 추억으로 당신을 남기고 싶어."

저런 말들을 듣느니 차라리 그녀가 어디론가 사라져 버렸더라면 좋았을 거라고 생각했다.

사실 상대가 잠수를 타든, 만나서 통보를 하든, 편지를 쓰든 바로 전날까지 간을 빼줄 것처럼 잘 해주다가 갑자기 이별을 선언하는 경우는 없다. 있다면 그 상대가 당신과 헤어져준 것을 고마워해야 한다. 그건 진짜 사이코패스나 하는 짓이니까.

절대 다수는 헤어지기 전에 충분히 이별을 예감할 수 있는 징후를 남긴다. 그 징후를 애써 부정하는 마음도 이해하지 못할 것은 아니지만, 어쨌든 예감할 수 있는 이별은, 깔끔하게 정리하기만 한다면 최악의 이별은 아니다.

오히려 헤어지고 싶은 상대에게 해줄 수 있는 최고의 배려는 마지막 만남의 자리가 아니라, 이별을 충분히 예감할 수 있도록 서서히 마음이 식어가고 있음을 보여주는 것이다.

> 언제나 힘들어 하던 너를 바라보면서
> 이미 이별을 예감 할 수가 있었어 워~
> 너에겐 너무 모자란 나란 걸 알고 있기 때문에
> 지금 떠나는 널 나는 잡을 수 없는 거야

내 생각에 진정한 최악의 이별은 '여지를 남기는 이별'이다. '이 고비만 넘기면', '나의 문제를 내가 극복할 수 있다면', '현실이 좀 나에게 관대해질 때', '힘든 시간이 지나가면' 나는 너에게 다시 돌아올 수도 있을 거라고 생각하게 하는 이별이야말로 가장 나쁜 이별이다.

이별을 선언하는 사람이 조금 마음이 편해지려고 하는 이런 말들이, 당하는 사람에게는 티끌 같지만 희망의 말로 들리기 때문에 괴로움은 더 길어진다. 결심을 했다면 단칼에 잘라야 한다. 냉정하게. 조금이라도 좋은 사람으로 보이려는 사심을 버리고.

사실 살다 보면 어떤 이별을 했는지는 잘 기억나지 않는다. 버림을 받은 쓰라림도, 버리고 달아나야 했던 괴로움도 그리 오래 기억에 남지는 않는다. 최악의 상황에서 이별한 옛 연인들도 10년, 20년 만에 만나면 반가워하는 경우를 참 많이 봤다.

결국 중요한 건 사랑했던 추억이지, 사랑을 끝내는 방법은 아니었던 셈이다. 그리고 긴 시간이 지나면, 그런 아픔조차도 그리워질 때가 있다. 그래서 '세월이 가면'이란 두 곡의 노래는 오래도록 사람들의 가슴에 남아 있다.

세월이 가면

가슴이 터질듯한 그리운 마음이야 잊는다 해도

한없이 소중했던 사랑이 있었음을

잊지 말고 기억해줘요

– '세월이 가면' : 최호섭 노래, 최명섭 작사

사랑은 가도 옛날은 남는 것

여름날에 호숫가 가을에 공원

그 벤치 위에 나뭇잎은 떨어지고

나뭇잎은 흙이 되고 나뭇잎에 덮여서

우리들 사랑이 사라진다 해도

내 서늘한 가슴에 있네

– '세월이 가면' : 박인희 노래, 박인환 작사

———— 잭샌드위치 기자 nnogoodbye@j*.kr

노래 '우아하게'

당신의 '실연송'은 무엇인가요?

연애를
노래로
배웠네

저는 오늘 당신과 헤어졌습니다. 헤어지자고 말한 건 저이지만, 그렇게 만든 건 당신입니다. 한동안 멍한 상태가 계속됐습니다. 침대 위에 달팽이처럼 누웠습니다. 달팽이처럼 꿈틀거리며 눈물을 흘립니다. 이 눈물이 미련인지 후련함인지 그리움인지 알 길이 없습니다.

베개가 축축해질 정도로 울었더니 배가 고픕니다. 이 죽일 놈의 식욕. 실연당하면 살이 빠진다는데, 그건 대학 가면 살이 빠진다는 것과 똑같은 억측입니다. 사자 머리를 하고 주방으로 나갑니다.

라면을 끓입니다. 계란도 풀고 파도 썰어 넣었습니다. 먹습니다. 후루룩. 또 눈물이 납니다. 면발이 너무 뜨겁습니다. 혓바닥을 데었습니다. 남자친구는 라면을 참 잘 끓였습니다. 그가 그립다기보다 그의 라면이 그립습니다. 저도 울고 라면도 웁니다.

해가 뉘엿뉘엿 질 때쯤 동네 친구 두 명이 저를 위로하겠다며 집 앞으로 찾아왔습니다. 사자 머리에 간신히 물을 축이고 밖으로 나갔습니다. 소주를 먹기로 했습니다. 실연에는 소주입니다.

"이제 와서 하는 말이지만 나는 걔 마음에 안 들었어."
"이제 너에게 수많은 가능성이 열린 거야."

친구들이 열심히 위로를 합니다. 쥐어짜는 것도 느껴지지만 고맙습니다. 사랑은 영원할 수 없으나 우정은 영원할 수 있습니다. 술이 취하니 슬슬 부아가 치밉니다. '아마도이자람밴드'의 '우아하게'가 떠오릅니다.

우아하게 행복을 바라지 않을게요

그다지 그런 마음이 들지 않아요

하는 일 다 잘되지 않았으면 좋겠어요

좋은 사람 만나라는 새빨간 거짓말 내 입으로 내뱉진 않겠어요

날 버리고 간사람 자꾸 궁금한 사람

생각할수록 얄미운 사람

나이를 먹으면
좀 더 담담해질 거라
생각했는데 아닌 것 같아요.
이별에는
내성이 없는 것 같습니다.

우린 왜 헤어질 수밖에 없었을까요. 우리의 사랑은 모세의 기적처럼 시작했으나 흔하디흔한 연애의 종말로 기록될 것입니다. 당신의 마음이 먼저 식은 이유를 누구도 설명할 수 없기에 답답합니다. 제가 할 수 있는 건 오로지 당신을 증오하는 일뿐입니다. 이자람은 이렇게 증오합니다.

> 어디 가서 넘어졌으면 좋겠기도 하네요
> 잘 보이려는 사람 앞에서 지퍼라도 열렸으면
> 속이 시원하기도 하겠네요

특히 앞지퍼는 꼭 열렸으면 좋겠습니다. 술잔을 더 돌리니 또다시 눈물이 납니다. "소주가 너무 달아. 어흐흐흑." 감정 기복이 죽을 씁니다. 의문, 분노, 슬픔, 좌절, 억지 희망 그리고 다시 의문이 이어집니다. 이 감정의 쳇바퀴를 몇 번 정도 더 굴려야 당신을 잊을 수 있을까요. 다시 분노의 강도를 높입니다.

> 길 가다가 보도블럭에 넘어져라
> 커피 타다 바지에 쏟아져라
> 술 취해서 집에 가는 길 까먹어라

못된 여자 만나서 쩔쩔매라

엊그제 산 비싼 잠바 찢어져라

새로 산 스마트폰 망가져라

우아한 이별? 개나 주라 그래

다음 날 부은 눈으로 출근을 합니다. 하루에도 몇 번씩 당신을 그리워했다, 미워했다를 반복합니다. 당신의 모든 것이 내 몸에 삼겹살 냄새처럼 끈덕지게 들러붙어 있습니다. 페브리즈라도 뿌려 떼어내고 싶습니다. 나이를 먹으면 좀 더 담담해질 거라 생각했는데 아닌 것 같아요. 이별에는 내성이 없는 것 같습니다. 이자람은 이렇게 노래를 마무리합니다.

이리 저리 망신 주는 상상을 해도

하나도 시원하지 않아

우아한 이별이란 가능한 것일까요? 저는 생각합니다. 이별에 대처하는 자세는 없습니다. 그저 견디고, 견딜 뿐입니다. 세상에서 가장 친한 친구를 잃은 것이니까요.

외롭습니다. 당신이 곁에 없어서 외로운 것이 아니라, 당신을 떼어내

는 일이 온전히 내 몫이기에 외롭습니다. 당신은 어떤가요. 잘 지내고
있나요.

———— 발로차 기자 elegant@j*.kr

에드워드 호퍼의 그림

연애의 후유증은 때론 호퍼의 그림처럼

연애를
그림으로
배웠네

공효진이 창가에 앉아 책을 읽고 있는 공유에게 태블릿 PC를
내밀며 묻는다.

　　"영어 좀 하죠? 이거 읽어봐요."

공유가 'SSG'를 한번 쓱 보더니 별거 아니라는 듯이 답한다.

　　"쓱."

공효진이 진지하게 말한다.

"잘하네."

2016년 상반기에 나온 신세계 쇼핑몰 광고다. 한눈에 '참 잘 만들었다' 싶었다. 이어서 나온 시리즈 광고도 공효진과 공유가 나누는 대화 속에 등장하는 단어를 SSG와 연결시키는 포맷인데 꽤 감각적이다. 예를 들어 '선수군', '상실감', '세시간' 등 초성이 'ㅅㅅㄱ'으로 돼 있는 단어를 SSG와 이어지게 하는 식이다.

자칫 잘못 만들면 유치할 수 있는 포맷인데 세련되게 느껴지는 건 영상미 덕분인 것 같다. 깔끔하게 절제된 구도와 색감이 광고의 전반적인 분위기를 잡아주고 있다. 이 광고의 등장인물과 배경은 에드워드 호퍼(Edward Hopper: 1882~1967)의 그림을 오마주했다.

에드워드 호퍼의 그림은 쓸쓸하다. 그렇다고 그가 절절하게 고독과 상실감을 화폭에 드러낸 건 아니다. 1940~50년대 미국 도시민의 일상을 사실주의 기법으로 표현한 그의 그림에는 알 수 없는 묘한 쓸쓸함이 배어 있다. 작품 속 장소들은 커다랗고 텅 비어 있는데, 그마저 자연광과 인공광의 대조로 더욱 황량하고 삭막해 보인다. 그림에는 사람도 더러 등장하는데 대부분 초점을 잃고 어딘가 헤매는 듯한 모습이다.

다들 알고 있지 않은가? 외로움은 쉬이 채워지지 않는다

에드워드 호퍼의 그림을 보고 있노라면 떠오르는 과거가 있다. 바로 내 대학교 새내기 시절이다. 나는 지방에서 유소년 시절을 보내고 대학생 때 처음 상경했다. 서울에 아는 사람이라곤 하나도 없었다. 처음엔 간섭할 사람 없는, 마냥 자유롭고 행복한 인생이 펼쳐질 줄 알았다. 지긋지긋했던 엄마의 잔소리도 더 이상 들리지 않았다. 나는 혼자라 완벽히 행복할 것이라고 자신했다.

하지만 시간이 갈수록 외로움이 나를 좀먹기 시작했다. 아무도 없는 텅 빈 자취방에 우두커니 앉아 있으면 정신병에 걸릴 것만 같았다. 그때부턴 무작정 학교에 나가 죽치고 시간을 보냈다. 누구라도 만나 말을 섞어야 정신적인 공허함이 채워지는 듯했다.

외로움이 극에 달했을 때 선수 군을 만났다. 한눈에 반했다고 해도 좋을 만큼, 나는 그를 보자마자 사귀고 싶다고 생각했다. 너무나 쉽게 우린 만나기 시작했고, 사귄 지 한 달쯤 되었을까 그는 다른 남자 동기를 통해 이별을 알려왔다. "아버지의 사업이 망해서 한가하게 연애할 상황이 아니다"라는 아침 드라마에나 나올 법한, 상투적이고 진부한 사유였다.

납득할 수 없는 이별이었지만 대학 생활은 그럭저럭 이어졌다. 내겐

> 철저하게 혼자였다.
> 의지할 친구도, 함께할 사랑도,
> 늘 곁에 있던 가족도 없었다.

대학 친구들이 있으니, 그들과 함께 선수 군을 욕하며 우애를 다지는 것도 나쁘지 않았다. 선수 군을 안주 삼아, 이별을 조미료 삼아 친구들과 술을 마시며 대학 생활을 연명했다. 친구는 대학 생활에서 내게 남은 마지막 버팀목이었다.

하지만 그게 끝이 아니었다. 선수 군과 이별하고 한 달이나 흘렀을까, 캠퍼스에서 그와 다시 마주쳤다. 그는 혼자가 아니었다. 옆에는 내 친구가 함께 있었다. 둘은 다정하게 손을 잡고 있었다. 서로 피할 수 없을 만큼 거리가 좁혀지자 선수 군의 눈동자는 나를 외면했고, 내 친구는 나를 보며 웃으며 인사했다.

"안녕?"

내가 그 인사를 받았던가, 받지 않았던가. 황망히 자리를 피했던가, 도도하게 지나쳤던가, 기분 나쁘게 무시해버렸던가. 기억이 잘 나지 않는다. 마치 술에 잔뜩 취해 필름이 중간 중간 끊긴 것처럼 그날은 장면 장면의 기억이 스냅 사진처럼 있을 뿐이다.

더 이상 학교에 갈 엄두가 나지 않았다. 선수 군은 둘째 치고 친구를 다시 만나면 어떻게 해야 할지 알 수가 없었다. 별일 아니라는 듯이 쿨하게 넘겨야 할까, 보란 듯이 다른 남자친구를 사귀어서 내가 멀쩡하다는 걸 보여줘야 할까, 사정 뻔히 아는 네가 어떻게 나한테 그럴 수 있느냐며 한바탕 푸닥거리를 해야 하는 걸까. 아무것도 자신이 없었다.

한동안 자취방에서 나가지 않았다. 철저하게 혼자였다. 의지할 친구도, 함께할 사랑도, 늘 곁에 있던 가족도 없었다. 나는 다시 자취방에 고립됐고, 유일하게 세상으로 향한 창문 앞에서 해가 뜨고 지는 것만 바라봤다. 에드워드 호퍼의 그림 '아침 해(Morning Sun)'에 등장하는 여자처럼 말이다.

결국, 난 한 학기를 휴학했다. 해가 바뀌고 다시 캠퍼스를 밟았다. 신입생으로 북적이는 학교는 모든 게 낯설었다. 좌표를 잃어버린 나는 어디로 향해야 할지 알 수 없었다. 대학 생활은 공허했고, 쓸쓸했으며, 여전히 외로웠다. 새로운 사랑은 쉽게 찾아오지 않았다. 짧은 연애의 그림자는 너무나 길었다.

—— 상실감 기자 SSG@j*.kr

동화 '인어공주'

선배를 먼저 좋아한 건 나라고요!

연애를
동화로
배웠네

반하다

따스한 햇살이 비추던 어느 봄날, 신입생을 위한 한 동아리 홍보가 있었다. 동아리 부스에서 분주하게 지원서를 받던 내 눈길이 닿은 곳이 있었다. 바로 맞은편 동아리 부스에서 열심히 동아리 홍보를 하고 있는 한 남자, 유난히 파랬던 하늘에 잘 어울리는 시원한 웃음을 짓고 있었다. 마치 순정만화의 한 장면 같았다.

나는 한동안 멍하니 그를 바라봤다. 정신을 차리고 홍보를 하다가도 나도 모르게 주변을 살피며 그를 찾고 있었다. 다행히 그는 하루 종일 맞은편 부스에서 동아리 홍보에 열을 내고 있었다.

하루 종일 관찰한 결과, 그는 영어 토론 동아리에서 활동하는 게 분명했다. 복학생으로 보이는 남자들과 편하게 이야기를 나누는 것으로 봐서 나보다 선배로 추정됐다. 내가 속한 단과대에서는 본 적이 없는 것으로 봐서 바로 복학했거나 다른 단과대 학생인 듯했다.

요리 뜯어보고 저리 뜯어봐도 마음에 쏙 들었다. 인어공주가 선상 파티를 즐기는 왕자님을 보고 한눈에 반하듯, 나는 그렇게 선배에게 첫눈에 반했다.

탐하다

그때부터였을까. 나는 내가 속해 있는 동아리가 못마땅해지기 시작했다. 내 동아리는 학교 주변에 있는 밥집과 술집을 취재해 학생들에게 알리는 활동을 했다. 음식의 맛을 평가하는 것은 물론 신 메뉴가 나오면 이를 홍보했다.

동아리 활동을 하는 동안 나는 학생들의 식생활 정보를 전적으로 책임진다는 생각에 대단한 자부심을 느꼈다. 하지만 그 선배를 본 이후로 모든 것이 달라졌다. 하루 종일 먹을 것만 생각하고 먹을 것만 이야기하는 내가 한심하고 못나 보였다.

그땐 나중에 얼마나 후회하게 될지
상상조차 하지 못했다.
왕자를 만나기 위해 눈이 뒤집혀서
고향도 버리고, 가족도 버리고, 마녀의 제안까지 덥석 문
순진한 인어공주처럼 말이다.

인어공주가 이렇게 육지를 동경하게 된 걸까. 나는 갑자기 영어 토론 동아리에 들어가고 싶어졌다. 동아리에서 그 선배와 자연스럽게 친해지고 사귀는 상상을 했다. 2학년이 됐으니 이제부터 영어를 공부하는 것도 나쁘지 않아 보였다.

그렇게 마음먹고 영어 토론 동아리 문을 두드렸다. 동방을 지키고 있던 한 여자 선배가 나를 반갑게 맞았다. 쭈뼛쭈뼛 거리는 나를 선배는 이 동아리에 들어오면 영어는 물론 남친까지 얻게 될 거라며 꼬드기기 시작했다.

대대로 훈남이 많은 것이 이 동아리의 최대 자랑거리란다. 내가 영어 실력에 대해 걱정하자 선배는 다들 같이 공부하면서 느는 것이라며 깔깔깔 웃었다.

용기내다

그렇다! 더 이상 망설일 이유가 없었다. 맛집 동아리에서 1년간 쌓아온 경험과 인맥 따위는 더 이상 생각나지 않았다. 결심하고 맛집 동방에 가서 활동 중단을 선언했다. 깜짝 놀란 동아리 선배가 이유를 물었다.

나는 기어들어가는 목소리로 답했다. "이제 영어 공부를 해야 할 것 같아서요⋯." 그러고는 잽싸게 영어 토론 동아리방에 가서 가입 신청서를 작성했다. 그땐 나중에 이걸 얼마나 후회하게 될지 상상조차 하지 못했다. 왕자를 만나기 위해 눈이 뒤집혀서 고향도 버리고 가족도 버리고 마녀의 제안까지 덥석 문 순진한 인어공주처럼 말이다.

인어공주의 육지 라이프가 만만치 않았던 것처럼 내 동아리 환승도 성공적이지 못했다. 먼저, 영어 토론 동아리는 내가 생각했던 것보다 훨씬 수준 높은 곳이었다. 1주일에 두 번 정도 영어로 토론하는데 주제가 정치·경제·사회·철학 등이었다. 당시 내게는 한국어로 토론해도 쉽지 않은 주제였거니와 미숙한 영어 실력도 문제였다.

나를 제외한 다른 학생들의 실력은 거의 원어민 수준이었다. 잿밥에 관심을 갖고 들어왔다가는 찍소리도 못하고 집에 가기 십상인 그런 곳이었다. 영어를 못 해도 괜찮다는 마녀 같은 선배의 말은 새빨간 거짓말이었다. 나는 대부분 토론 시간을 그 선배만 바라보며 꿀 먹은 벙어리처럼 앉아 있었다. 왕자를 만난답시고 목소리를 잃어버린 인어공주와 다름없었다.

떠나보내다

내가 멍 때리며 앉아 있는 사이, 그 선배는 한 여자아이와 친해졌다. 원어민처럼 영어를 잘하고 토론도 잘하는 똑똑한 아이였다. 내 모든 감각이 그 선배를 향하고 있었기 때문에, 그 선배와 여자애가 서로 호감을 느끼고 있다는 건 쉽게 눈치챌 수 있었다.

나는 불안하고 초조해졌다. 동아리 뒤풀이 자리에서 몇 차례 선배에게 말을 걸어보기도 했다. 하지만 이미 선배는 여자아이와 꽤 친해진 상태였다. "선배를 먼저 좋아한 건 나예요!"라고 고백할 수도 없었다. 나는 작고 초라해졌다. 영어 토론은 점점 견디기 힘들었다.

여름방학이 끝나고 다시 찾은 동아리방. 동아리 사람 누군가가 그 선배와 여자아이가 교내에서 손잡고 걸어가는 것을 봤단다. 멍해지며 아무 생각도 나지 않았다. 동아리에 다시 나올 수 없을 것 같다는 슬픈 직감이 들었다.

인어공주는 거래를 통해 각선미라도 얻었지만, 내가 얻은 것은 아무것도 없었다. 결국 나는 두 개의 동아리를 모두 포기하고 한동안 정처 없이 교내 이곳저곳을 떠돌았다. 물거품이 돼 사라진 비련의 인어공주처럼 말이다. 지금 되돌아보니 자신의 모든 것을 내던진 인어공주 같은 치기 어린 사랑은 인생에서 한 번의 추억으로 족하다. 감히 조언하건대, 사랑에 '올 인' 하지 말자. 남는 것은 물거품뿐이니.

───── 잉어공주 기자 The Little MMermaid@j*.kr

노래 '편지'

사랑할 수 있을 때 사랑하자

연애를
노래로
배웠네

2012년 9월 15일 토요일. 전주에는 하루 종일 오락가락 비가 왔다. 오후 9시쯤 전주 덕진동 한국소리문화의전당 야외 음악당에서는 가수 김광진이 '편지'를 부르고 있었다. 감미로운 음악이 음악당을 가득 메웠다. 내 옆에는 그가 있었다.

사흘 전부터 나는 전주에 내려가 있었다. '전주세계소리축제'를 취재하기 위해서였다. 그런데 15일 오후 갑자기 얼마 전 소개팅한 남자로부터 연락이 왔다. 서울에 있어야 할 그가 전주에 있단다. 전주가 고향이었던 그는 아버지 생신이라 전주에 내려왔다고 했다. 우리는 축제 공연을 함께 봤다.

공연이 끝나자 그는 나를 숙소까지 데려다주겠다고 했다. 아버지 생
신인데 빨리 집에 들어가야 하는 것 아니냐고 묻자 대충 말을 얼버무
렸다. 숙소에 도착해 들어가려는데 그가 잠시 벤치에 앉자고 했다. 한
참을 말없이 있던 그는 쭈뼛쭈뼛 입을 뗐다.

"진지하게 만나고 싶어."

침침하고 나른한 가로등 불빛이 우리를 향해 쏟아지고 있었다.

그렇게 우리의 만남이 시작됐다. 그는 순수하고 여린 사람이었다. 마
치 유리 조각 같았다. 섬세했던 그와 털털했던 나는 매번 부딪혔다.
싸우고 화해하고 이별하고 만남을 반복했다. 우리 관계 역시 유리 조
각 같았던 셈이다. 싸우길 반복하던 어느 날 그로부터 연락이 끊겼다.
나는 그를 잊어갔다.

2년이 지났다. 어느 날 그와의 소개팅을 주선했던 후배에게서 연락이
왔다. 그가 새벽에 암으로 세상을 떠났다고 했다. 작년에 암 진단을
받고 고향에 내려가 투병하다가 암이 폐로 전이됐단다. 그의 장례식
장은 내가 고백을 받았던 장소와 멀지 않은 곳에 있었다.

회식을 하고 집에 들어오는데
갑자기 그가 밀려왔다.
그의 부재에 숨이 막혔다.
선한 눈망울이 그리웠다.

사랑은 늘 후회없이 하자

멍했다. 어색하고 불편했다. 아무렇지도 않은 건 아니었지만 어찌해야 할지 몰랐다. 후배에게 묻고 싶은 이야기가 많았지만 엄두가 나지 않았다. 꾸역꾸역 시간이 흘러갔다. 억척같은 일상은 나를 망각의 상태로 내몰았다. 내게 달라진 건 아무것도 없어 보였다.

열흘 뒤. 회식을 하고 집에 들어오는데 갑자기 그가 밀려왔다. 그의 부재가 숨 막혔다. 선한 눈망울이 그리웠다. 여리고 여렸던 그의 마음을 어루만지고 싶었다. 울음을 토하면서 그와의 과거를 회상했다. 함께 들었던 김광진의 '편지'를 틀었다.

여기까지가 끝인가 보오 이제 나는 돌아서겠소
억지 노력으로 인연을 거슬러 괴롭히지는 않겠소

하고 싶은 말 하려 했던 말 이대로 다 남겨 두고서
혹시나 기대도 포기하려하오 그대 부디 잘 지내시오

기나긴 그대 침묵을 이별로 받아 두겠소
행여 이맘 다칠까 근심은 접어두오

오오 사랑한 사람이여 더 이상 못 보아도

사실 그대 있음으로 힘겨운 날들을 견뎌왔음에 감사하오

– '편지' : 김광진 노래, 허승경 작사

나도 그에게 부치지 못한 편지가 있다. 어리석고 못된 내가 미안해. 자존심 부리느라 마음껏 사랑하지도 못한 내가 너무 미안해. 이런 나와 함께 있어줘서 고마워.

—— 어리석은 기자 Rest in peace@j*.kr

히책 '말괄량이 길들이기'

절대 참고하면 안 될 고전도 있다

연애를
희곡으로
배웠네

셰익스피어의 수많은 작품 중에서 군이 지명도를 따진다면 '로미오와 줄리엣'을 넘는 작품은 없을 것으로 보인다. '햄릿', '리어 왕', '오델로', '맥베드'의 4대 비극이 그 뒤를 잇고, 희극 중에서 꼽자면 '베니스의 상인'과 '말괄량이 길들이기'를 대표작으로 꼽을 수 있을 것 같다.

한데 희극이라고는 하지만 오늘날의 잣대로 본다면 참 웃지 못할 희극이다. '베니스의 상인'은 주옥같은 비유와 문장이 대문호의 풍모를 느끼게 하지만, 제목에서도 알 수 있듯 도를 넘은 반유대주의가 눈살을 찌푸리게 한다. 아울러 '말괄량이 길들이기'는 현대 여성들의 시각에선 도저히 눈 뜨고 봐줄 수가 없는 여혐문학의 대명사라고 할 수 있다.

일단 줄거리. '말괄량이 길들이기'의 여주인공 카타리나(애칭은 케이트)는 부호 밥티스타의 맏딸인데, 드센 성미와 고집이 널리 소문난 터라 주변에 감히 청혼하는 남자가 없었다. 그에 비해 카타리나의 동생 비앙카는 미모와 덕성으로 널리 알려져 청혼자가 줄을 섰지만 아버지 밥티스타는 "카타리나가 결혼하기 전까지 절대 비앙카의 결혼을 허락하지 않겠다"는 강경한 입장을 밝혔다.

애가 탄 비앙카의 구혼자들은 '밥티스타의 재산에 눈이 멀어 카타리나를 치워줄' 정신 나간 구혼자를 찾아 헤매는데 멀쩡하게 생긴 페트루치오가 덥석 그 미끼를 문다.

이렇게 시작하는 이야기에서 과연 남자들이 치를 떠는 카타리나는 어떤 존재일까. 사실 소문난 말괄량이라고 하기엔 내용을 아무리 훑어봐도 별 대단한 게 없다. 굳이 말하자면, 남자들과의 입씨름에서 단 한 번도 저주지 않고 독설을 퍼붓는 캐릭터 정도다. 비앙카와 말다툼을 하다가 비앙카가 울음을 터뜨리는 장면이 있긴 하지만, 오히려 나중에 페트루치오가 하인들을 학대하면 가로막고 말리는 고운 심성의 처자다. 요즘의 TV 연속극에 나오는 재벌 집의 갑질하는 따님들과는 비교도 안 될 정도다.

게다가 그런 그녀를 신부로 맞겠다는 페트루치오의 전략도 사실 별

대단한 게 없다. 이런 식이다.

> **페트루치오**: 말도 안 돼. 이리 와요 케이트. (그녀를 안으며) 케이트, 난 신
> 사니까….
> **카타리나**: 이것 놔요. (페트루치오의 뺨을 친다)
> **페트루치오**: 한 번 더 쳐 보시오. 다음엔 내 주먹이 나갈 차례니.

다짜고짜 신체 접촉에다 폭력의 위협까지 가한다. 싫다는 말은 귓등
으로도 듣지 않는다. 게다가 한 번으로 그치지 않는다.

> **페트루치오**: 보여주오. (그녀를 다시 안는다. 그녀는 빠져나오려고 몸부림
> 친다) 사실 내 힘은 당신에게 쓰기엔 너무 넘친다오.
> **카타리나**: 이거 놔요. 정말 화낼 거예요. (물어뜯고 할퀸다)
> **페트루치오**: 싫어. 당신은 참으로 상냥해. 거만하고 무뚝뚝하다는 소문
> 은 새빨간 거짓이었어. (후략)

처갓집에서 결혼식도 올리기 전에 하는 행동이 이 정도. 어쨌거나 페
트루치오는 청혼을 하고 밥티스타는 얼씨구나 허락한다. 카타리나도
"여자란 여간 강하지 않고선 바보 취급 당하기 십상이네요"라며 강
경하게 반발하지만 때는 17세기. 아버지의 결혼 명령을 이길 수 있는
여자는 없다 (사실 있기는 있다. '베니스의 상인'에 나오는 샤일록의 딸은 아버지의 뜻

을 배신하고 남자와 눈이 맞아 달아난다. '사악한 유대인의 딸'이면 가능하다)

식을 올리고 신부를 데려간 페트루치오의 두 번째 작전은 다짜고짜 굶기는 것이었다. 방에 가두고 음식을 주지 않으니 카타리나인들 어쩔 것인가.

굶어죽지 않기 위해 고분고분해진 카타리나에게 페트루치오는 친정 나들이를 제안한다. 그런데 길을 떠난 페트루치오는 멀쩡한 해를 보고 달이라고 우긴다. 기가 막힌 카타리나가 저게 해지 어떻게 달이냐고 한마디 하자, 페트루치오는 곧바로 얼굴을 군힌다.

> **페트루치오**: 여봐라. 그만 돌아가자. 아씨가 내 말에 일일이 딴지를 거는구나.
>
> **호텐쇼**: (작은 목소리로 카타리나에게) 저 사람 말대로 달이라고 하세요. 안 그러면 오늘 친정에 못 가요.
>
> **카타리나**: 제발 그냥 가요. 저게 달이든 태양이든 상관없으니까요. 촛불이라고 해도 그렇게 부를게요.
>
> **페트루치오**: 글쎄 달이라니까!
>
> **카나리나**: 맞아요. 달이에요.
>
> **페트루치오**: 아니야. 당신은 거짓말쟁이야. 저건 고마운 해야.
>
> **카타리나**: 그렇다면 저건 해예요. 모든 건 당신 뜻대로 되는 거예요. (후략)

남편의 학대에다 친정 또한 구원이 될 수 없다는 것을 깨달은 카타리나는 거의 자포자기 상태로 살길을 찾았다. 그건 순종 외에는 없었다. 아예 이쪽으로 방향을 잡은 카타리나는 오히려 페트루치오가 겁을 낼 정도로 180도 바뀐 모습을 보여준다.

"남편은 우리의 생명이자 보호자며 군주세요. (중략) 남편은 아내의 사랑과 고운 얼굴과 순종밖에 바라는 게 없죠. (중략) 하물며 아내가 고집을 부리고, 짜증을 내고, 남편의 의사를 무시한다면 그게 배은망덕이 아니고 뭐겠어요?"

페트루치오가 현대 남성이라면, 이런 식으로 아내가 돌변하면 정신 감정을 받아보게 할지도 모르고, 혹시 자신을 비꼬고 있는 게 아닌가 생각할 것 같다. 아무튼 불행 중 다행인지 셰익스피어의 작품 중에 아내를 때리는 남자는 보이지 않는다. 하지만 거의 폭행에 준하는 감금과 굶기기, 순종의 강요가 '연애의 방법'으로 제시된다니 참 놀라울 뿐이다. 문득 현실에도 존재하는 한 남자가 생각난다.

벌써 꽤 오래전 일이다. 앞서 소개한 의성이의 친구 중 유명한 '교회오빠'가 있었다. 이 교회 오빠에게는 당연히 예쁜 교회 동생이 있었는데, 이 동생이 하루는 길에서 수작을 걸어오는 한 남자를 만났다. 특별히 눈길을 끄는 구석은 없고, 방법도 고전적인 '시간 되시면 어디

가서 얘기 좀 하자'는 것이었다.

'그 남자(이제부터 '자신맨'이라고 부르기로 한다. 워낙 첫눈에도 자신감이 넘쳐 보이
더라는 얘기다)'도 제법 인물과 학력이 그럴싸해서 어디 가서 쉽게 박대
당할 처지는 아니었으나 당시 교회 오빠에게 흠뻑 빠져 있던 교회 동
생은 단호하게 수작을 거절하고 집으로 돌아갔다. 그런데 자신맨은
어찌 수소문을 했는지 학교와 이름을 알아내고, 계속 눈앞에 나타나
기도 하고, 집 앞에서 기다리는가 하면, 전화번호를 알아내 집으로 전
화를 걸어오더라는 것이다(그렇다. 휴대전화도 삐삐도 없던 시절의 얘기다).

예상을 벗어나는 자신맨의 행동력에 놀란 교회 동생은 자신이 생각
하는 가장 강력한 방법을 썼다. 아버지에게 대신 전화를 받게 한 것이
다. 당연히 아버지는 "네가 뭔데 우리 XX를 바꿔달라는 거냐. 하라는
공부는 안 하고 대체 뭐하는 놈이냐"고 호통을 쳤다. 딸이 좋다면 모
를까, '딸이 싫은데 계속 따라다니는 놈'에 대한 아버지로서의 당연
한 응징. 웬만한 남자라면 그 자리에서 헉 하고 전화를 끊어야 정상일
상황이었다.

그런데 자신맨의 태도는 역시 예사롭지 않았다. "아버님 되시냐"고
일단 확인을 한 뒤, 나는 위험한 사람도 아니고, 강제로 손목을 잡아
끈 것도 아니고, 나름 괜찮은 놈이다. 따님이 따로 사귀는 남자가 있

는지는 모르겠으나, 긴 인생을 놓고 볼 때 내가 더 좋은 선택이 될 수도 있다. 그런데 따님은 내게 얘기해볼 기회도 주지 않고, 이런 식으로 아예 말문을 막으려 하니 참 답답한 노릇이다. 아버님도 남자로서 생각해볼 때, 따님이 다가오는 남자에게 다짜고짜 이런 식으로 대하는 것이 정당한 일이라고 생각하느냐. 남자가 이렇게까지 정성을 기울이면 여자가 예의상 관심을 보여야 하는 것 아니냐고 조목조목 따지더라는 것이다.

아버지도 일단 질러놓은 기세가 있어 "무슨 헛소리야 이놈!" 하고 전화를 끊기는 했지만, 그 뒤로 교회 동생에게 와서 학교는 어디 다니는 놈이냐, 생긴 건 어떠냐며 은근한 관심을 보이더란다.

다음 날. 교회 동생 앞에 자신맨이 다시 나타났다. 아버지와의 통화 내용을 들은 터라 왠지 교회 동생은 뭔가 죄지은 느낌이 들었고, 결국 차 한 잔을 나누지 않을 수 없었다. 그러고 나서의 대화 내용은 구애라기보다는 더 이상 귀찮게 굴지는 않겠다. 하지만 앞으로 누구라도 당신에게 관심을 보이는 사람이 있으면, 그런 식으로 불량배 취급은 하지 말라는 일장 훈계에 가까웠다. 그러고 나서 뒤도 돌아보지 않고 나가는데, 자신맨의 모습이 은근히 괜찮아 보이더라는 것이 교회 동생의 회고담이다.

아마도 요즘이라면 자신맨의 행동이 받아들여질 리 만무하다. 일단 자신맨의 주장이 "남자가 이렇게까지 하는데 여자가 말이야…"를 기본으로 깔고 있기 때문이다. 21세기의 젊은 여성들이라면 당연히 "네가 뭔데?"라고 맞받아쳤어야 당연하지 않을까. 하지만 그 시절의 자신맨은 자신이 성장하면서 주입당한 성 역할에 비춰볼 때 저 정도면 꽤 중도를 걷는 편이었다고 생각했을지도 모른다. 심지어 그 시대의 여성들 중 상당수는 저런 태도를 '박력 있고 자신감 넘치는' 모습으로 인식했을 가능성이 있다.

과장이 아니라 그 시절은 정말 그랬다. 오해를 피하기 위해 부언하면, 1990년대까지만 해도 영어로 "숙녀가 '안 돼요'라고 말하는 것은 '아마도'라는 뜻이고, 그녀가 '아마도'라고 말하는 것은 '돼요'라는 뜻이었다. 당시에는 "만약 그녀가 '돼요'라고 말한다면, 그녀는 숙녀가 아니다(If a lady says "no", she means "maybe": if she says "maybe", she means "yes"; and if she says "yes", she's not a lady)"라는 말이 진리처럼 여겨졌다. 아마 오늘날에도 이 문장을 금과옥조로 생각하는 사람이 꽤 있을 법도 하다. 그만치 세상이 변하는 데에는 꽤 시간이 걸린다.

1980년대를 휩쓴 이현세의 전설적인 히트 만화 '공포의 외인구단'에는 외인구단 멤버 중 최경도라는 캐릭터가 등장한다. 최경도는 한 은행원을 짝사랑하지만, 이 은행원은 자신이 키가 작고 돈도 없다는 이유로 최경도를 거절했다. 지옥훈련을 마치고 돌아온 최경도는 매일 그녀가 근무하는 은행 창구 앞에 찾아와 하루 종일 그녀를 바라보는 것으로 일과를 보냈다. 두려움을 느낀 그녀는 경찰에 신고하지만, 출동한 경찰에게 최경도는 당당하게 말한다. "제가 무슨 짓을 했습니까? 사랑하는 여자를 하루 종일 바라보고 싶어 한 것이 죄란 말입니까?" 경찰은 그냥 돌아간다.

가정 폭력 사건 등으로 경찰 신세를 져본 사람들은 요즘도 한국 사법당국의 생각은 크게 다르지 않다는 증언을 하고 있다. 무서운 일이다. 아무튼 연애 관계를 전제로 할 때 '스토킹'이라는 개념은 최근까지 한국사회에 존재하지 않았다. 심지어 남의 연애 관계나 부부 사이에 개입하는 것은 공권력에게도 금기에 해당한다는 시각이 있었다. 이런 분위기를 생각해볼 때 의성이가 기억하는 위 이야기의 자신남을 17세기 이탈리아로 데려다 놓으면 '말괄량이 길들이기'의 페트루치오가 되지 않았을까 하는 생각이 든다.

하긴 요즘이라면 '열 번 찍어 안 넘어가는 나무 없다'는 말에 여자들은 '세 번만 찍어도 스토커'라는 반응을 보이고, 남자들은 '우리가 그렇게 한가한 줄 아느냐. 대체 왜 넘어온다는 보장도 없는 여자에게 그리도 정성을 바쳐야 하느냐'고 말하는 게 정상이니, 저런 태도는 다시 볼래도 볼 수 없을 것 같다.

결론적으로 여자가 'no'라고 말할 때 그게 진짜 그냥 'no'라고 받아들이는 세상이 온 건 남녀 모두에게 참 반가운 일이 아닐 수 없다.

—— 나는나노는노 기자 noisno@j*.kr

에곤 실레의 그림

★★★ ★★★

사랑은 떠나도, 뜨거운 추억은 남는다

연애를
그림으로
배웠네

'여자는 늘 몸가짐을 조심해야 한다.' 태어나서 이 말을 족
히 3,000번은 넘게 들었다. 덕분에 어렸을 적 나는 늘 뻣뻣한 여자였
다. 스킨십은 어색하고 불편했다. 부모님을 속이고 나쁜 짓을 하는 것
만 같았다. 스킨십을 할라치면 내 머릿속은 항상 복잡했다. 지금 돌이
켜보면 '이걸 누구에게 들키면 어쩌지'라는 생각뿐이었다.

그런데 태어나서 딱 한 번, 죄책감으로 온전히 해방됐던 때가 있었다.
그를 생각하면 나는 '에곤 실레(Egon Schiele:1890~1918)'가 떠오른다. 요
절한 오스트리아의 표현주의 화가 에곤 실레. 그의 그림들은 절대로
아름답지 않다. 색감은 어둡고 분위기는 눅눅하고 암울하다. 그의 그
림에는 주로 마르고 뒤틀린 육체들이 뒤엉켜 있다. 주인공들은 볼품

없고 초라하다. 하지만, 그들은 이상하리만큼 당당하다. 부끄러워하기는커녕 오히려 노골적으로 확신에 차 있다.

그 역시 그랬다. 어설픈 감언이설로 육체적인 욕망을 분칠하지 않았다. 사랑을 표현하는 데 당당했고 거리낌이 없었다. 주저하거나 망설이지도 않았다. 느끼는 그대로 원하는 그대로 여과 없이 행동했다. 강렬하리만큼 직선적이었다. 어린아이처럼 때론 짐승처럼 그는 감정 표현에 솔직했다.

뜨거운 사랑에 부끄러움은 없다

처음 나는 그런 그가 불쾌했다. 낯설고 무섭기까지 했다. 나를 무시하는 건가 가볍게 보는 건가 함부로 대하는 건가. 혼자서 오만가지 생각을 했다. 하지만, 그는 내게 망설일 틈조차 주지 않았다. 거칠게 밀려들었고 깊게 파고들었다. 서서히 그런 그가 익숙해졌다. 그리고 나는 점점 자유로워졌다.

언젠가 그에게 물은 적 있다.

　"부끄럽지 않아?"

그는 대답했다.

EGON SHIELE, THE EMBRACE, 1917

그는 부끄러워하기는커녕
오히려 노골적으로 확신에 차 있다.

"응, 사랑하니까."

거센 불길은 쉽사리 사그라지지 않을 것만 같았다. 하지만 서로를 마른 장작처럼 내던지며 불을 지피던 어느 날 우린 깨달았다. 욕망과 불안과 초조함으로 가득한 우리에게 이제 남은 건 재뿐이란 사실을. 아낌없이 타오른 열정의 바닥에는 하얗게 세어버린 재 가루가 수북했다. 당연한 이별이었다.

에곤 실레의 삶 역시 짧지만 강렬했다. 초기 실레는 스승이었던 구스타프 클림트(Gustav Klimt)를 연상시키는 그림을 선보였으나 점차 독자적인 스타일을 발전시켜 나간다. 그의 관심사는 주로 죽음에 대한 공포와 내밀한 관능적 욕망, 그리고 인간의 실존을 둘러싼 고통스러운 투쟁이었다.

1918년 클림트가 사망하고 실레는 오스트리아를 이끄는 예술가의 지위에 올라선다. 하지만 같은 해 10월, 실레의 아내가 당시 유럽을 휩쓸던 스페인 독감에 걸려 사망한다. 아내와 배 속의 아기를 잃고 슬퍼하던 실레 역시 스페인 독감으로 3일 뒤 세상을 떠난다. 그의 나이 28세, 그럼에도 그는 미워할 수 없는 수많은 명작을 남겼다.

——— 원초적 본능 기자 basicinstinct@j*.kr

그럼에도 불구하고 우리가
고문 같은 사랑을 계속하는 이유

네버엔딩 러브 스토리

영화 '500일의 썸머'

연애, "올해도 글렀어"라는 당신에게

연애를
영화로
배웠네

한 해가 또 지나갑니다. 코트를 파고드는 바람이 유독 싸늘한 걸 보니 올해의 연애 역시 망한 건가요. 연일 빵빵 터지는 빅뉴스를 보면서도 이런 생각을 합니다. 다들 나라 망치느라 바쁜 와중에도 참으로 부지런히 외모도 가꾸시고, 썸도 타시고, 결혼도, 출산도, 이혼도 잘 하셨구나. 국정을 농단하느라 분주했던 것도 아닌데 나는 대체이 한 해 무엇을 했던 건가. 자괴감이 깊어갑니다.

이런 시절이면 찾아보는 영화가 있습니다. '500일의 썸머'입니다. 이 영화는 얼핏 보면 '나쁜 여자'를 만난 순수한 남자의 수난기인데, 그리 단순하진 않습니다. 주인공 톰은 회사에서 만난 썸머라는 여성에게 첫눈에 반해 그녀를 '운명의 상대'로 믿고 조심조심 다가갑니다.

하지만 썸머는 그의 호감을 즐기고 적극적으로 관계를 발전시켜나가면서도, "구속받고 싶지 않다"고 말하지요. 사랑이 막 시작될 무렵 두 사람이 술집에서 나누는 대화는 사랑을 대하는 두 가지 태도와, 그리하여 이 연애가 순탄하게 흘러가지 않을 것임을 예고합니다.

> **썸머**: 누구의 여자친구가 되는 건 불편해요. 남녀가 만나면 누군가 상처를 입죠. 결혼해도 열에 아홉은 이혼해요. 우리 부모님처럼.
> **톰**: 당신이 틀렸어요. 언젠가 알게 될 거예요. 그걸(사랑을) 느꼈을 때.

영화는 톰의 시선으로 진행됩니다. 톰에게 썸머는 종잡을 수 없고, 자유로우며, 그리하여 늘 그를 불안하게 하는 여자입니다. 그런 면이 그를 더 깊이 빠져들게 하지만, 역시 예상대로 그는 지치고 맙니다. 불안정한 연애의 중간 지점에서 한 번쯤 주고받기 마련인 그 질문, "나는, 과연, 너의, 무엇이냐" 문제로 대판 싸운 날 썸머는 비를 맞으며 밤길을 달려와 화해를 시도하죠. 그러면서도 톰이 "네가 어느 날 나를 훌쩍 떠나버릴까 두려워"라고 고백하자 단호하게 말합니다. "그건 약속할 수 없어. 왜냐면 누구도 알 수 없거든."

당신은 어느 쪽인가요. 하늘이 점지해놓은 그 누구를 기다리는 톰인가요? 아니면 그런 환상은 종량제 봉투에 담아 버리자고, 지금 서로 즐거우면 그만 아니냐고 생각하는 썸머인가요. 저도 종종 생각해봄

다신 연애 같은 건 하고 싶지 않다 생각하지만
어느샌가 또 '1일'을 시작합니다.

니다만, 답을 잘 모르겠습니다.

현실은 이렇습니다. 어떤 상황에서 어떤 상대를 만나느냐에 따라 때론 쿨방망이 백 개 장착한 현실주의자가 되었다가, 어떨 때는 지고지순 하늘의 뜻을 갈구하는 운명론자가 됩니다. 왜일까요. 매력의 문제일까요 권력의 문제일까요. 그도 아니면 호르몬 문제일까요. 이 우울한 계절에 '500일의 썸머'를 다시 돌려보는 이유는 이 영화가 바로 그 사랑의 불가해함, '모르겠다 젠장 모르겠어'를 이야기하고 있기 때문일 겁니다.

이야기는 이렇게 흘러갑니다. 그렇게도 쿨하던 썸머는 톰을 떠난 후 얼마 지나지 않아 다른 남자와 결혼을 합니다. "그녀만이 나를 행복하게 만들 수 있다"며 지지리궁상을 떨던 우리의 톰은 직장을 옮기고, 현실과 마주하며 차츰 생각을 정리해 가죠. 그리하여 다시 만났을 때, 톰은 썸머에게 말합니다. 운명이란 없다는 걸 이제야 알게 됐다고요.

톰: 운명이니 반쪽이니 진정한 사랑 같은 거 동화 속에나 나오는 새빨간 거짓말이었어. 네 말을 들을걸 그랬어.

썸머: (지긋이 톰을 바라보며) 아냐. 네가 맞았어. 어느 날 식당에서 책을 읽고 있는데 어떤 남자가 다가와 책 내용을 물었어. 그 사람이 지금 내 남편

이야. 혹시 내가 다른 카페에 들어갔다면? 10분만 늦게 카페에 도착했다면? 결국 우린 만날 운명이었던 거야. 그때 생각했지. 네 말이 옳았구나.

이건 뭔가요. 그 짧은 사이 썸머는 운명론자가 되어 있었습니다. 뚜렷한 이유는 알 수 없습니다. 그냥

"너를 만날 때 모르던 걸 어느 날 알게 됐다"

고 합니다. 그리고 쐐기를 박는 한마디를 남깁니다.

"누구에게도 잘못은 없어. 단지 내가 너의 반쪽이 아니었던 거야."

비교적 최근에 했던 두 번의 연애를 돌아봅니다. 저 역시 한 번은 썸머였고, 한 번은 톰이었네요. 운명·인연·약속·영원 같은 단어를 즐겨 쓰던 A 앞에선 가차 없는 회의론자가 되었었죠. "너는 나를 사랑하는 게 아니라, 사랑에 빠진 너 자신을 사랑하고 있어"라는, 말이 되는 것 같기도 아닌 것 같기도 한, 주로 상대의 과도한 열정이 부담스러울 때 사용하는 이 문장을 내뱉으면서 말이죠. "너를 좋아하지만 아직 준비가 안 됐어"라는, 역시 말이 되는 것 같기도 아닌 것 같기도 한 대사를 읊으며 도망치던 B 앞에서는 왜 또 그리 톰스러웠는지. 담담한 척하며 "괜찮아. 기다릴게"라고 했던 나의 입을 박음질과 공그르기

로 꿰매버리고 싶군요.

이런저런 이유로, 때론 이유도 모른 채 썸머와 톰을 오가며 우리는 지난한 연애의 날들을 넘어갑니다. 이 불가해함에 질려 다신 연애 같은 건 하고 싶지 않다 생각하지만 어느샌가 또 '1일'을 시작합니다. '500일의 썸머'의 마지막, 톰은 새로운 여인 '어텀'을 만납니다. 여름(썸머)이 가고 가을(어텀)이 온 거죠. 이 연애에서는 누가 톰이, 누가 썸머가 될까요. 그렇게 계속 엇갈리며 가다 보면 같은 지점에 멈춰 오랜 계절을 함께할 누군가를 만날 수는 있을까요.

분명한 건 올해는 글렀다는 사실입니다. 하지만 우리의 잘못은 아닙니다. 사랑이 원래 그런 것이니까요.

새해는 오고, 이러니저러니 해도 우린 또 누군가를 만나 연애를 하게 될 것입니다(그렇게 믿읍시다). 아무쪼록 내년엔, 코스모스의 기운이 당신과 함께하기를.

──── 또혹시나하는 기자 serendipity@j*.kr

히편 '뜻대로 하세요'

남자들이여, 질척대지 말지어다

연애를
희곡으로
배웠네

잘생긴 남자를 좋아하지 않는 여자는 없다. 예쁜 여자를 싫어하는 남자도 없다. 이 모두는 참이다. 하지만 문장으로서만 참이다. 문제는 여자들이 생각하는 저 '잘생긴 남자'가 당신(남자)이 생각하는 '잘생긴 남자'와는 한참 다르다는 데 있다.

여자들과 조금이라도 속 깊은 대화를 해본 사람이라면, 저 '잘생긴 남자'의 기준이 시도 때도 없이 바뀐다는 사실을 이해할 것이다. 오히려 여자들은 남자들이 생각하는 '예쁜 여자'가 수시로 바뀌지 않는다는 사실에 놀란다.

그러니 '잘생긴 남자를 좋아한다'는 여자가 남자들의 눈에 전혀 잘생

거 보이지 않는 남자를 이상형으로 꼽는다 해도 남자들이 그리 놀랄 필요는 없다. 이건 '본래 남녀 사이에는 미적 감각이 다르다'와는 좀 다른 얘기다. 굳이 말하자면, 남자의 미적 감각이 비교적 고정적이라면(예를 들어 한 남자가 10명의 여자를 놓고 1위부터 10위까지 미인의 순위를 매긴다면, 3년 후나 5년 후, 10년 후에도 그 순위는 거의 변하지 않는다), 여자의 순위는 당장 며칠 뒤에도 바뀔 수 있다는 점을 분명히 알아야 한다.

여자들이 가장 싫어하는 남자는?

아무튼 대한민국에서 뭔가 연애를 해보려면, 여자들이 가장 싫어하는 남자는 '못생긴 남자'가 아니라는 점을 인식해야 한다. 그럼 대체 뭘까. 수많은 종류의 취향이 있지만 거의 모든 여자들이 공통적으로 싫어하는 남자는 '찌질하게 질척대는 남자'다.

"아름다운 피비. 제발 나를 무시하지 마. 나를 사랑하지 않아도 좋으니 말만이라도 따뜻하게 해줘. 사람 죽이는 데 이골이 난 망나니라도 도끼를 내리칠 때에는 용서를 구한다고 하잖아. 그런데 넌 그 망나니보다 더 잔인해지려는 거야?"

셰익스피어의 희극 '뜻대로 하세요(As you like it)' 3막에 나오는 실비어스의 대사. 여기 나오는 목동 실비어스는 다른 농갓집 처녀 피비에게

> 수많은 종류의 취향이 있지만
> 거의 모든 여자들이
> 공통적으로 싫어하는 남자는
> 찌질하게 질척대는 남자다.

반해 있다. 하지만 피비는 실비어스를 거들떠보지도 않는다. 그런 피비에게 실비어스는 눈물로 호소하며 제발 자신을 불쌍히 여겨 자신의 사랑을 받아달라고 애원한다.

피비가 실비어스의 구애를 매몰차게 거절하는 것은 현재 사정에 의해 남장을 하고 있는 백작집 규수 로잘린드에게 홀딱 반해 있기도 하지만, 사실 더 큰 이유는 실비어스의 질척댐이 너무 짜증스럽다는 데 있다.

모든 사랑 고백이 성공하는 것은 아니다. 한 번의 고백이 실패한다고 해서 그 사랑이 실패하는 것도 결코 아니다. 하지만 실비어스의 가장 큰 문제는 한결같이 '질척대기만' 한다는 점이다.

실비어스: 아름다운 피비, 제발 나를 동정해줘.

피비: 정말 미안해.

실비어스: 동정이 있는 곳에 구원이 있어. 내 사랑을 동정해준다면, 그래서 나를 사랑해준다면, 너의 미안함과 나의 아픔이 사라질 거야.

피비: 사랑해줄게. 친구로서.

실비어스: 너를 갖고 싶어.

피비: 실비어스. 지금까지는 네가 너무 미웠어. 날마다 사랑 이야기를 하는 네가 솔직히 귀찮았어. 하지만 참고 친구가 되어줄게. 앞으론 부탁

도 많이 할 거야. 하지만 부탁을 받는 것 이상으로 보답을 바라지는 마.

모든 남자들의 악몽인 '친구로 지내자'는 이 시절부터 존재했다. 이런 피비를 향해 셰익스피어는 극중 인물인 로잘린드의 입을 빌려

"이봐 양치기 자네, 자네는 왜 저런 여자 꽁무니를 따라다니나. 탄식과 눈물을 뿌릴 정도로 어여쁜 여자도 아닌데. 저 여자보단 당신이 몇백 배 멋지게 생겼소. 이봐요 아가씨. 분수를 알고 살아요. (중략) 못생긴 주제에 다른 사람을 깔보다니, 천하에 몹쓸 사람이군요"

라고 독설을 퍼붓는다.

이 대사를 쓸 때의 셰익스피어는 로잘린드가 사실은 여자라는 점을 잊고 너무나 자기 자신의 태도에 푹 빠져 있는 것 같다. 하지만 셰익스피어의 뛰어난 점은 바로 저런 실비어스의 태도야말로 여자들로 하여금 오만정이 다 떨어지게 한다는 점을 정확하게 간파하고 있다는 데 있다.

절척대지 말고, 멋지게 변해보라고!

여자들이 싫다고 하면, 그건 너의 꼬라지와 태도로 볼 때 감히 내가

너를 받아들인다는 말을 차마 할 수 없다는 뜻이다. 이 경우 조금이라도 상황을 바꾸려는 의지가 있다면, 그 꼬라지와 태도에 변화를 줘야 한다. 그럼에도 불구하고, 인류사가 시작된 이래 수많은 수컷들은 똑같은 모습으로 여자들에게 다가가 그들의 동정심에 매달리는 형편없는 전략을 썼다.

참으로 지독한 일관성이다. 18세 때 무려 8년 연상의 여자와 결혼한 뒤 21세 때 아내와 세 아이를 고향에 남겨둔 채 런던으로 건너와 배우 겸 작가 활동을 했던 그에게 연애란 너무나 일상의 일부였을 것이고, 그의 많은 작품들에선 이런 통찰이 수시로 등장한다.

아무튼 이런 '동정심에 매달리는 전략'은 여자들이 기본적으로 모성애를 갖고 있는 존재라는 데서 착안한 것인지도 모르겠다는 생각이 드는데, 그렇다면 그건 정말 큰 오산일 수밖에 없다. 모성애란 본질적으로 자신이 보호해야 하는 어린 존재들을 대할 때 발산되는 것이지, 자신을 보호하고 먹을 것을 구해 와야 하는 수컷을 향한 것이 아니다.

역설적으로 말하면 여자들은 바로 '모성애를 갖고 있기 때문에' 애원하고 매달리는 연약한 존재들은 냉혹하게 뿌리치도록 설계된 존재들이라고 이해하는 것이 좋다. 입장을 바꿔놓고 생각해보자. 누가 저런 나약한 존재들의 DNA를 받아 새끼를 낳고 미래를 기약하고자 하겠느냐는 말이다.

물론 이런 조연들 말고 남자 주인공들도 간절히 사랑을 호소할 때가 있기는 있다. '뜻대로 하세요'에도 남자 주인공 올란도가 이런 말을 하는 장면이 나온다.

> **로잘린드**: (전략) 사랑 때문에 죽은 사람은 아무도 없어요.
>
> **올란도**: 나의 로잘린드는 그렇게 생각하지 않았으면 좋겠소. 나는 그녀가 찌푸리기만 해도 죽을 거요.

하지만 그 호소는 실천의 의지가 담겨 있다는 데서 이런 질척댐과 다르다.

이 대목에서 내 친구 의성이의 실제 경험담으로 넘어가 보자. 젊은 날 의성이에게는 매우 마초스러운 선배 하나가 있었다. 훤칠한 키에 괜찮은 용모, 법조계 종사자라는 타이틀 덕분에 여자들에게 인기가 꽤 있는 편이고, 평소 적잖은 연애 관계를 갖고 있었고 평소 지론이 '어디 여자가 너 하나냐'일 만큼 절대 싫다는 여자에게 매달리는 타입은 아니었다.

그러나 그에게도 임자가 나타났다. 부유한 가문의 따님으로 태어나 유학을 다녀온 뒤 영연방계 국가 대사관 직원으로 일하고 있던 그녀는 미모와 안목을 고루 갖춘 터라 당연히 눈이 높았고, 성격도 전형적인 얼음공주였다. 구애는 난항에 부닥쳤다.

어느 날 술자리에서 선배는 의성이에게 잘 풀리지 않는 연애 이야기를 했다. 상황은 이미 난파 직전. 어렵사리 가진 두어 차례 술자리에서 선배는 얼음공주에게 속마음을 털어놨지만 그녀는 자연스럽게 위빙(weaving)으로 선배의 진지함을 피해갔다.

얘기를 들어보니 그 회피 동작의 유연함으로 볼 때 얼음공주는 보통 선수가 아니었다. 확실하게 "넌 아니야"라고 말해 상대의 자존심을 자극하지도 않으면서, 언제든 나중에 "난 그 말이 그렇게 진지한 얘기였는지 몰랐어"라고 발뺌할 수 있는 선의 묘한 대응이었다. 아마도 유년 시절 이후 수많은 '찔러보기'의 대상이 되어 보았을 터, 그런 현명한 대응의 기술이 자연스레 몸에 밴 듯했다. 아무튼 상황으로 봐선 선배의 명백한 1패. 그러나 도전자는 아직 패전을 인정하지 않은 채 역전의 기회를 찾고 있었다.

어쭙잖게 상담역이 된 의성이는 말했다. 아마도 정상적인 방법은 이미 틀린 듯하다. 그분이 예측할 수 있는 방법이라면 이미 차단되어 있는 거나 마찬가지. 뭔가 그분의 예상을 뛰어넘는 접근만이 약간이라도 가능성이 남아 있을 것 같다.

함께 자리한 다른 선배의 의견도 비슷했다. 완전히 포기한 듯, 연락을 끊고 돌아섰다가 최후의 한 방을 노려라. 그 한 방에 온 힘을 다 쏟아야 한다. 두 사람 모두 "절대 찌질대거나 매달리지 마라. 그거야말로 가능성을 0으로 만드는 지름길"이라는 데 의견을 같이했다. 평소 같으면 그러라고 그럴 사람도 아니었지만 사람이 절박해지면 엉뚱한 짓을 하는 경우가 적지 않았다. 어쨌든 그다음 달 초로 예정돼 있던 그녀의 생일을 전후해 뭔가 정교하게 계산된 일격이 필요하다는 데 의견의 일치를 본 뒤, 세 사람은 헤어졌다.

다음 달 초, 출장지에서 바쁜 하루 일과를 마치고 호텔로 돌아온 얼음 공주는 로비에서 전혀 예상치 못한 아는 얼굴을 마주치고 놀라움을 금치 못했다. 적절히 피곤해 보이는, 하지만 초췌하거나 구질구질하지는 않은, 잘 아는 남자가 자신에게 불쑥 꽃다발(그달의 탄생화)을 건넸기 때문이었다.

로비에서 샌드위치와 차 한 잔을 주문했지만 미처 다 먹을 시간도 없었고, 남자는 밤 비행기를 타고 다음 날 출근을 위해 서울로 돌아가야 했다. "그냥 생일날 꽃을 전해주고 싶었다"는 남자는 "못 만나면 콘시어지에게 꽃만 맡기고 갈 뻔했다"며 미소를 지었다. 남자는 심지어 서울에서의 다음 만남조차도 기약하지 않은 채 공항으로 떠났다.

다행히 최후의 한 방이 상황 변화를 가져왔고, 커플은 몇 달 뒤 결혼식을 올렸다. 의성이는 다시 한번 깨달았다. 최선의 한 수는 진실함이나 절박함, 애절함이나 처연함에서 나오는 것이 결코 아님을. 최강의 수는 자신감과 능력, 그리고 보장된 헌신에 대한 가시적 표현임을.

선배는 어쨌든 그녀가 생일 전후 해외 출장을 간다는 사실과 그 도시 수백 개 호텔 가운데 그녀가 어디 머물지를 스스로의 능력으로 알아낼 수 있었고, 기약 없는 기다림을 자신 있게 선택할 수 있었고, 왕복 열두 시간의 지루한 비행과 항공료 따위는 잠시라도 그녀를 만날 수 있는 행복에 비하면 아무것도 아님을 몸소 보여줬다.

오래 머무르지 않아 환상이 깨질 여유를 주지 않았고, 자신이 그녀를 대할 때 뭔가 들인 만큼 뽑아내야 한다는 생각을 가진 치사한 녀석이 아니라는 것, 또 이런 깜짝 이벤트에도 불구하고 그녀의 태도에 변화가 없다면 그건 그 나름대로 받아들일 수 있는 자신 있는 남자라는 것을 충분히 보여줬다. 당일의 상황에서 이 모두가 사실인지 아닌지는 크게 중요치 않다. 핵심은 '어쨌든 그녀가 그렇게 인식한다'는 데 있기 때문이다.

안타깝게도 수많은 남자들이 이런 식의 노력을 하기보다는 자기 연민과 눈물로 실패한 사랑을 되새기는 데 더 많은 시간을 보낸다. 역시 실비어스가 그렇다. 동네 노인인 코린의 눈에도 실비어스가 한심해 보여 "그 따위 짓을 하니 여자에게 괄시받는 것"이라고 충고하지만 실비어스는 오히려 발끈한다.

> **실비어스**: 제가 얼마나 그 여자를 사랑하는지 영감님은 모를 거예요.
>
> **코린**: 왜 몰라. 왕년에 사랑 안 해본 사람 있나.
>
> **실비어스**: 나이 든 영감님이 알 턱이 있을 리가요. 물론 젊은 시절엔 사랑에 빠져 베개를 껴안고 한숨을 지으며 밤을 새운 적이 있겠지만요. 정말 영감님도 사랑 때문에 어리석은 짓을 저질렀단 말이죠?
>
> **코린**: 하도 많아서 다 기억할 수가 없어.
>
> **실비어스**: 그게 바로 영감님이 진실한 사랑을 한 적이 없다는 증거라고요. 사랑 때문에 저지른 건 하찮은 바보짓이라도 그걸 일일이 기억하지 못한다면 그건 진실로 사랑하지 않았던 거죠. (후략)

아직도 수많은 젊은이들에게서 실비어스의 모습을 본다. 그 진실함을 인정하고 칭찬하고 싶지만, 그게 과연 그들의 삶에 무슨 도움이 되었을까를 생각하면 역시 한숨이 나온다. 그런 안타까운 사연을 안주로 평생 의지할 수 있는 술친구를 얻었다면 그나마 다행일지도.

혹시 의성이의 선배가 한 것 같은 무모하고 보장 없는 투자보다는 본전 한 푼 들지 않는 눈물과 애원이 훨씬 경제적이라고 생각한다면, 그래서 그 원칙에 따라 행동한다면, 그건 또 그 나름 사는 방법일 수도 있겠다. 선택은 그 자신의 몫이니까.

P.S. 그리고 마지막으로 한마디 더 덧붙이자면, 이 글은 너무나 뻔하게 자신의 진심을 털어놓고 실패하고 나면 너무나 뻔하게 울며불며 왜 세상이 이 모양이냐고 한탄하는 젊은이(특히 남자)들을 위한 것임을 분명히 해둔다. 여자들의 입장에서 볼 때 저런 기발한 한 수를 쓰는 남자를 선택하는 것이 바람직한 선택이라는 뜻에서 쓴 글이 절대 아니라는 말이다. 일찍이 손자병법에서 지적하고 있듯 병법의 요체는 병불염사(兵不厭詐), 즉 '상대를 속이는 것을 꺼리지 않는'데 있다. 솔직한 심정으로는 소박하고 진심 어린, 기술 없는 고백이 좀 더 잘 받아들여지는 세상이라면 더 바랄 나위가 없겠으나 현실이 그렇지 않음을 어쩌랴. 진심은 통하기 힘들고, 좋은 일은 이뤄지기 쉽지 않은 것을.

—— 정신차려이친구야 기자 notbegging@j*.kr

희곡 '베니스의 상인'

셰익스피어는 왜 남장 여자를 좋아했을까

연애를
희곡으로
배웠네

셰익스피어의 희극들에는 남장 여자가 수시로 등장한다. 정말 유명한 '베니스의 상인'에서 결정적인 대사, "살1 파운드는 취할 수 있지만 피는 단 한 방울도 흘려선 안 된다"고 말하는 사람이 바로 남자로 분장한 포샤(왠지 전통적인 셰익스피어 번역본의 느낌이 나게 하려면 '포오샤' 라고 써야 할 것 같다)다.

그리고 영화 '셰익스피어의 사랑' 때문에 유명해진 '십이야'의 바이올라, '뜻대로 하세요'의 로잘린드도 남장을 하고 등장한다. 공교롭게도 비극에는 남장 여자 캐릭터가 등장하지 않는 반면, 희극에서만 등장한다는 점도 이채롭다.

사실 반드시 셰익스피어가 아니라도 그 시대 작가들의 연극 대본에
는 남장 여자들이 심심찮게 등장한다. 아예 '여배우'라는 직업이 없
고, 사춘기 이전의 소년 배우들이 여자 역을 맡아야 했던 당시 분위
기로 볼 때 남장 여자 캐릭터는 매우 자연스러운 것이라는 주장도 있
다. 하지만 이렇게 많은 남장 여자가 등장하는 데서, 셰익스피어가
진정 여자에게 기대했던 것이 무엇이었을까를 상상해볼 수도 있을
것 같다.

많은 남자들이 여자의 섹시한 외모만을 보고 사랑에 빠진다고 생각
하지만 꼭 그렇지만은 않다. 물론 이런 태도는 상당히 많은 한국 남자
가 갖고 있는 이중적인 기준에서 온다고 할 수 있다. 즉 '연애하고 싶
은 여자'와 '결혼하고 싶은 여자'가 달라야 한다는 잘못된 학습의 결
과다. 이게 왜 달라야 하는지 납득이 가게 설명해줄 수 있는 사람은
별로 없는데, 아무튼 한국의 남자들은 어려서부터 또래집단이나 선
후배 관계를 통해 지속적으로 이와 유사한 논리를 주입 당한다.

남자가 좋아하는 요소, 이해심

많은 남자가 인생을 좀 살아 본 뒤에야 서서히 이런 해괴한 도그마에
서 빠져나오곤 한다. 어쨌든 이런 이상한 이분법에도 불구하고 남자
들이 공통적으로 선호하는 타입, 즉 연애를 하건 결혼을 하건 가장 좋

아하는 요소는 분명 존재한다. 표현은 다양하지만 그 핵심을 요약하면 바로 '이해심'이라는 단어가 나온다. 이 이해심이란 별것 아니다. '남자처럼 생각하고 남자의 행동양식을 존중하는' 것을 말한다.

아주 간단히 예를 들어 설명하면 이렇다. 여자친구가 있건 없건 20대에서 30대에 이르는 수많은 남자가 '여자친구와 보내는 오붓한 시간'이 '남자친구들과 어울려 바보짓을 하고 노는 것'보다 그리 우월하지 않다고 생각한다.

여친과의 데이트도 좋지만, 사실 그게 없다고 해도 재미있는 친구들과의 하룻밤 모험은 여친과의 오붓한 시간을 1주일 정도 연기해도 좋을 정도의 매력을 갖고 있다. 물론 대부분의 남자는 어느 정도 균형을 생각한다. 예를 들어 한 달에 4번의 불금이 있다면 2:2나 3:1(앞의 것이 데이트) 정도의 비율로 균형을 유지하는 것이 바람직할 거라고 생각한다.

남자들이 원하는 여친

하지만 남친이 있는데도 불금을 자신이 남친과 보내지 않는 것은 대단히 굴욕적인 일이라고 생각하거나, 그 남친으로 하여금 그렇게 생각하게 하는 것이 자신에게 지극히 유리하다고 생각하는 여친들도 있는 것 같다.(실제로 많은 남자들이 이렇게 생각한다.)

아무튼 남자들이 원하는 여친은, 한 남자가 자기 여친에게 "이번 주말엔 내 친구들과 어딜 좀 같이 가줘야 할 것 같아"라고 말할 때 "그럼 나는?"이라고 하는 대신 "알았어. 잘 놀아. 하지만 내 생각도 해야 돼. 내가 보고 싶어도 울지 말고"라고 말해주는 여성이다. 압축해서 말하면 많은 남자는 자신의 이상형을 '사려 깊은 여자'라고 표현한다.

'베니스의 상인'에서 곧 죽을 위기에 놓인 안토니오가 친구 바사니오(포샤의 남편)에게 "훌륭한 자네 부인에게도 안부나 전해주게"라고 하자 바사니오는 비통해 하며 매우 위험한 발언을 한다. 그리고 그 말은 남장을 하고 정체를 감춘 포샤에게 바로 응징 당한다.

> 바사니오: 오. 안토니오. 내 아내는 나에겐 생명보다 소중하네. 하지만 내 생명도, 내 아내도, 전 세계도 나에겐 자네 생명보다 더 소중할 순 없어. 여기에 있는 이 사악한 악마로부터 자네만 구할 수 있다면 난 모든 걸 희생해도 좋아.

> 포샤: 만일 당신 부인이 옆에서 이 말을 들었다면 아마 달갑지는 않을걸요.

만약 일반적인 여자들이 만족할 정도로 여자친구와의 관계에 충실하

WILLIAM SHAKESPEARE 1564~1616

"

남자 옷을 입은 사려 깊고 현명한 여자들.

"

고, 남자들과의 관계를 하찮게 생각하는 남자가 존재한다면, 그런 남자는 그날 즉시 다른 남자들에 의해 '남자의 적'으로 지정될 것이다. 그 남자가 어떤 남자일 것 같으냐고 일반적인 남자들에게 물어보면, 아마 대부분의 남자는 입에 침을 튀기며 그런 놈(이런 표현이 적당할 것이다)은 여자에만 환장한 색마이거나, 남자들 사이에서 아무도 끼워주지 않는 왕따 혹은 사회 부적응자이거나, 자기 여자가 언제 뭘 하는지 직접 눈으로 확인하지 않으면 도저히 안심이 되지 않는 심각한 의처증 경향을 보이는 작자(곧바로 1991년작 줄리아 로버츠 주연 영화 '적과의 동침'의 남자 주인공을 연상한다)일 거라고 열을 올릴 것으로 예상된다.

이렇다 보니 남자들에게 '이해심 깊은 여자'로 여겨지는 방법 또한 아주 간단하다. 일단 그의 '남자친구들'을 경쟁상대로 생각하지 않으면 된다. 사실 그들은 절대 여자친구의 경쟁자가 될 수 없다. 오히려 여자친구와의 연애 관계가 오래 지속될 수 있도록, 질리지 않게 해주는 해방구(혹은 하수구)일 뿐이다. 하수구로 넘치는 오수를 억지로 막아버리면, 그 물은 상수도로 역류한다. 이걸 적절히 조절하는 것이야말로 '이해심'의 요체다.

한발 나아가, 남자들이 좋아하는 '사려 깊은 여자'의 두 번째 요소는 명쾌한 설명력이다. 많은 경우 남자들을 미치게 하는 여자들은 결코 설명해주지 않는다. 어떤 여자들은 남자들이 절대 이해하지 못하는 어마어마한 분노의 표출(예를 들면 "화 안 났어. 화 안 났다고!")을 하고 돌아선 뒤, 여자들끼리 모여 저능아 같은 남자에 대한 규탄대회(예를 들어 "어떻게 그걸 몰라? 왜 몰라? 그걸 일일이 다 가르쳐줘야 되는 거야? 응?")를 연다.

하지만 사려 깊은 여자는 어떻게든 이 유인원들을 인간의 반열에 올려놓기 위해 최대한 노력을 한다. '뜻대로 하세요'의 로잘린드는 남장을 하고 있는 자신을 전혀 알아보지 못하는 올란도(이것부터 이미 저능의 상징이다)에게 "나를 당신이 그토록 사랑한다는 로잘린드라고 생각하고, 심정을 털어놔 보라"고 권한다. 그러면서 올란도를 교육한다. 예를 들면 이런 식.

> **로잘린드**: 로잘린드와 결혼한 뒤 얼마나 살 생각인가요?
>
> **올란도**: 언제까지나 영원히.
>
> **로잘린드**: 영원이란 말 대신 하루만이라고 말하세요. 남자란 사랑을 속삭일 때는 꽃피는 시절이다가 결혼하는 순간 엄동설한이 된답니다. (중략) 저는 바바리산 수비둘기보다 질투심이 강하고, 비 오기 전의 앵무새보다 더 심하게 바가지를 긁을 거예요. 원숭이보다 더 새것을 밝히고, 아무것도 아닌 일에도 아르테미스 상의 분수처럼 공연히 눈물을 쏟아낼 거예요. 당신이 기분 좋아 날뛸 때를 노려서요. (후략)
>
> **올란도**: 과연 나의 로잘린드도 그럴까?
>
> **로잘린드**: 내 목숨을 걸고 맹세하지만 물론이죠. 틀림없어요.

올란도: 아, 그러나 그녀는 총명하오.

로잘린드: 총명하기 때문에 더욱 그럴 수 있어요. (후략)

그러니까 사실 남자 다루는 법은 꽤 쉽다. "자, 내가 지금 1이라고 말하는데, 그건 1이 아니고 2란 뜻이야. 알았지? 1은 2야"라고 차근차근 설명하면 대개는 통한다. "아니 내가 1이라고 말하면 2라고 알아들어야지, 그걸 왜 못 알아들어? 저능아야?" 그렇다. 이 부분이 정말 중요하다. 대부분의 남자는 침팬지보다 별로 나을 것이 없는 저능아라는 점만 잊지 않는다면, 당신의 연애 생활은 지금보다 훨씬 개선될 수 있다.

물론 셰익스피어의 작품으로 오늘날의 연애를 설명하는 데에는 분명 한계가 있다. 그는 근본적으로 요즘 기준을 적용한다면 여혐종자에 가깝다. 바이올라가 '어떤 여자 이야기'라면서 자신의 마음속 사랑을 털어놓으면 오시노는 "네가 얘기한 여자의 사랑을 내 사랑과 비교하다니!"라며 흥분하고, 여기에 바이올라는 "여자들도 우리 남자들처럼 진실한 사랑을 할 수 있다"고 변명까지 한다. 심지어 '오셀로'의 여주인공 데스데모나의 아버지 브라반쇼는 데스데모나가 자신의 반대를 무릅쓰고 오셀로와의 사랑을 이루려 하자 오셀로에게 차갑게 내뱉는다. "기억해두게. 아비를 속인 딸이 남편이라고 못 속일까."

셰익스피어가 어쩌다 이 지경이 되었는지를 짐작해보자면 그의 삶을 돌이켜보지 않을 수 없다. 18세 때 26세의 시골 처녀와 결혼해 21세에 이미 세 아이의 아버지가 된 셰익스피어는 도저히 이런 삶을 참을 수 없었는지 런던으로 진출해 배우 겸 극작가의 삶을 산다. 꽤 유복한 집안이었다고는 하나 어쨌든 단조로운 시골의 삶. 그것도 8세 연상의 처녀와 속도위반(최근 밝혀진 사료에 따르면 셰익스피어의 맏딸 수재너는 결혼 6개월 만에 태어난 것으로 되어 있다)으로 황급히 결혼한 뒤, 런던으로 간 셰익스피어는 결혼생활에 대한 만족은 거의 느껴보지 못한 것으로 추정된다. 심지어 유언장에도 아내 앤에게는 '집에서 두 번째로 좋은 침대'를 유산으로 남겼을 뿐이다.

이런 정황을 통해 그의 마음속을 넘겨보기는 어렵지 않다. 런던으로 간 셰익스피어는 극작가와 배우로 쌓은 명성을 통해 수많은 '도시 여자'들과 불륜을 저질렀을 것이고, 그 상대는 주로 자신과 비슷한 계통에서 일하는 '말이 통하는 여자'들이었을 것이다. 한국에서도 개화기 이후 처자식을 고향에 두고 경성이나 동경으로 유학을 떠난 '신식 남자'들이 도시에서 겪었을 마음속의 갈등과 그리 다르지 않았을 것으로 추정된다.

이렇게 '말이 통하는 여자', 즉 '동등하게 의견을 나눌 수 있는 여자'에 대한 셰익스피어의 마음속 욕망이 결국은 그의 작품 속 남장 여자

들, 즉 '남자 옷을 입은 사려 깊고 현명한 여자들'로 표출되지 않았을
까 싶다.

——— 셰익스피어는왜 기자 *shakespeare_why@j*.kr*

구스타프 클림트의 그림

세상에서 가장 로맨틱한 순간, '키스'

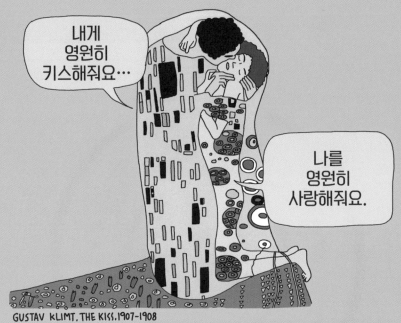

GUSTAV KLIMT, THE KISS, 1907-1908

> 멈추지 못하고 더 큰 욕망의 불꽃을 지피는 순간,
> 키스는 그 자체로 아련하고 애틋하며 아름답다.

연애를
그림으로
배웠네

사랑에서 가장 로맨틱한 순간은 언제일까. 여러 순간이 있겠지만, 나는 단연코 '키스'라고 생각한다. 뽀뽀가 좋아하는 감정을 장난스레 드러내는 것이라면, 키스는 본격적인 사랑을 향한 육체의 수신호 같은 느낌이다. 키스를 통해야만 우리는 상대와 호흡을 맞추고 사랑을 감각적으로 느껴볼 수 있다.

그런 의미에서 생애 첫 키스는 누구에게나 잊을 수 없는 소중한 추억이다. 물론 생애 처음은 아니더라도 사랑하는 사람과의 첫 키스는 소중한 기억이다. 아, 빼놓을 뻔했다. 거칠게 싸운 다음에 화해하는 순간의 격정적인 키스. 서로를 향한 오만가지 증오와 격노도 격정적인 키스 뒤에는 눈 녹은 듯 사라져버린다.

'키스' 하면 빼놓을 수 없는 그림이 있다. 바로 구스타프 클림트(Gustav Klimt : 1862~1918)의 '키스'다. 찬란한 금빛 후광에 둘러싸여 있는 남녀 한 쌍이 서로에게 황홀하게 취해 있다. 이들 밑에는 만개한 꽃들이 찬란히 펼쳐져 있다. 말 그대로 꽃길 위에서 젊은 남녀가 꽃 같은 키스를 나누는 중이다.

둘의 키스가 더 빛나는 이유는 커플을 겹겹이 둘러싸고 있는 황금빛 때문이다. 실제로 이 그림은 클림트가 금박과 금색 물감을 자주 사용한 1907~1908년, 이른바 '황금 시기(golden period)'의 대표작 가운데 하나다.

이 그림에서 남녀의 자세가 흥미롭다. 남자는 여자의 머리를 두 손으로 감싸 안고 키스를 주도하고 있다. 그래선지 남자의 남성성이 잔뜩 강조돼 보인다. 여자는 남자의 황홀한 키스에 부끄러운 듯 살포시 눈을 감고 있다. 여자의 태도가 더 수동적으로 비치는 이유는 연인 앞에서 무릎을 꿇고 있는 자세 때문인 것 같다.

'키스' 하면 유명한 그림이 또 있다. 로이 리히텐슈타인(Roy Lichtenstein :1923~1997)의 '키스'다. 리히텐슈타인은 이미 발표된 만화를 차용해 그림을 그렸다. 그 이유는 대량 복제 시대에 끊임없이 재생산되는 대중문화의 속성을 극대화해 보여주고 싶었기 때문이라고 한다. 그의 이러한 현실 인식은 미술의 영역을 대중문화로까지 확장하는 결과를 낳았다.

어찌 됐건 그림 속 키스는 화해의 키스가 아닐까 싶다. 두 사람은 격정적인 싸움으로 서로 마음을 헤집어놓은 다음에야 사랑을 확인했을 거다. 그제야 둘은 눈물로 화해를 하고 열정의 키스를 나누고 있다. 클림트의 그림보다 이 그림 속의 여자는 키스에 적극적이다. 남자의 목을 팔로 두르고 그에게 밀착하며 키스를 만끽하고 있다

벨기에의 초현실주의 화가 르네 마그리트(Rene Magritte: 1898~1967)의 작품 '연인'(1928)에서는 얼굴에 하얀 천을 두른 남녀가 키스를 하고 있다. 둘은 아무것도 보이지 않지만, 감각에 의존해 서로 얼굴과 입을 찾아냈을 것이다. 보이지 않는 키스라니. 뭔가 더 로맨틱한 느낌이다. 시각이 차단된 상태의 키스는 아무래도 더욱 강렬할 것 같다.

마그리트의 작품은 익숙한 사물을 왜곡하거나 축소·과장해서 상상력을 불러일으키는 것으로 유명하다. 작가의 주특기대로 이 그림은 키스에 대한 다양한 상상력을 부추기고 있다.

당신이 해보고 싶은 키스는 무엇인가. 자세가 어떠하든 무슨 상관인가. 사랑하는 연인이 서로 눈빛을 마주치고 묘한 끌림에 입술이 맞닿

는 순간, 멈추지 못하고 더 큰 욕망의 불꽃을 지피는 순간, 키스는 그 자체로 아련하고 애틋하며 아름답다. 아, 황홀한 키스여! 그 기억이 아득하기만 하다.

—— KISSME@j*.kr

미드 '워킹데드'

세상이 무너져도, 연애는 계속되어야 한다

연애를
드라마로
배웠네

요즘 제가 유일하게 보는 미드가 있습니다. 2010년에 시작해 현재 일곱 번째 시즌을 방영 중인 좀비 드라마 '워킹데드'(AMC, 한국에선 FOX 채널)입니다.

좀비로 뒤덮인 세상에서 살아남은 자들의 치열한 사투를 보고 있노라면, 이 세상과 저 세상이 별로 다를 바 없구나 싶습니다. 침을 질질 흘리며 달려드는 좀비들이 시시각각 내 살과 피를 노리고, 남아 있는 인간들은 서로 돕기는커녕 부족한 자원을 놓고 아귀다툼을 벌입니다.

세상은 완전한 무정부 상태의 정글이 되었고, 법과 도덕은 옛말이 되었습니다. 내 생존과 안락을 위해서라면 타인을 짓밟는 것이 이 세계의 룰입니다. 그러니 선한 자는 이미 죽었고, 악한 자와 더 악한 자만이 살아남았습니다. 게다가 세상은 나아질 기미가 보이지 않습니다. 무엇을 상상하든 그 이하를 보게 되었던 2016년 한국사회와 이 드라마가 닮아 보이는 이유는 무엇일까요.

실제로 '워킹데드'는 미국을 비롯해 전 세계적으로 높은 시청률을 기록하고 있습니다. 2008년 금융위기 이후 실업자가 쏟아지고 가계가 붕괴되면서 '워킹데드'야말로 현실의 가장 적절한 은유라는 분석이 많았습니다.

7시즌 1화는 작정하고 시청자를 절망의 구렁텅이로 몰아넣었습니다. '워킹데드'에서 죽음이란 예삿일이지만, 불사조 같았던 두 주인공이 비참하게 죽고 말았으니까요. 특히 두 사람은 참혹한 세상에서도 사랑을 믿었던 인물이었습니다.

한 사람은 이제 막 새로운 사랑을 시작하던 차였고, 또 다른 사람은 사랑하는 아내가 아이를 가진 상태였습니다. 척박한 땅에도 꽃은 핀다고, 이들은 언제 죽을지 모를 디스토피아에서 사랑을 선택한 용자들이었습니다. 도대체 왜, 뭣 때문에(!!) 제작진은 잔인하게도 이 사랑꾼들을 죽여버린 것일까요.

WALKING DEAD. 2010-2017

걱정 마. 우리는 언제나 함께할 거야.
그러니까 살아남아야 해.

내 한 몸 간수하기도 버거워 연애, 결혼, 출산과 벽을 쌓는 요즘 청년 들에게 "어서 와. 이런 지옥은 처음이지. 사랑 따위는 개나 줘버려"라고 말하는 것 같았습니다. "이게 끝이 아니야. 거기가 바닥이라고 생각할 때, 세상은 더 한 지옥을 보여주지"라고요.

충격과 공포 속에서 며칠을 보냈습니다. 이런 흉흉한 세상에 사랑은 사치일까요. 그런데 계속해서 제 머릿속을 떠나지 않는 대사가 있었습니다. 죽어가던 주인공이 자신의 연인에게 했던 마지막 말이었습니다.

"I'll find you."

아니 왜 그는 "사랑해!"도 아니고 "건강해!"도 아니고 "너를 찾겠다"는 말을 남겼을까요. 저는 며칠을 이 문장과 씨름했습니다. 그리고 어느 순간 깨달았습니다. 이 커플은 시즌 2에 처음 만났고, 이내 사랑에 빠졌습니다. 그러니까 지난 여섯 시즌 동안 수많은 난관을 겪었던 것이지요. 좀비로부터 도망을 치다가 서로를 잃어버리기도 했고, 죽을 고비도 수차례 넘겼습니다. 하지만 두 사람은 매번 극적으로 상봉했고, 서로를 놓지 않았습니다.

그래도 사랑은 계속되어야 한다

그러니 "I'll find you"란 대사는 너를 다시 잃어버린다 해도, 나는 끝까지 너를 찾겠다는 뜻이었습니다. 저 한 문장 속에 "걱정 마. 우리는 언제나 함께할 거야. 그러니까 살아남아야 해"라는 뜻이 숨어 있던 것이지요. 죽어가는 중에도 미래를 얘기할 수 있다는 것이 슬프도록 아름답다고 생각했습니다. 남아 있는 사람이 계속해서 살아야 할 이유가 있다면 바로 저 한마디 때문이겠구나. 오직 사랑만이 미래를 꿈꾸게 할 수 있구나.

최근에 읽은 '숨결이 바람될 때'(흐름출판)라는 책이 떠오릅니다. 불치병에 걸린 서른여섯의 젊은 의사 폴 칼라니티가 자신의 마지막 순간을 기록한 것인데, 그는 자신이 얼마나 살 수 있을지 모르는 상황에서 아내와 아이를 갖기로 결심합니다. 그리고 이렇게 적었습니다. "우리는 아이를 갖기로 한 결정을 양가에 알리고, 가족의 축복을 받았다. 우리는 죽어가는 대신 계속 살아가기로 다짐했다."

증오가 사랑을 질투하고, 절망이 희망을 덮으려 해도 사랑은 계속되어야 합니다. 죽어가는 대신 계속 살아가려면 말입니다. 시국이 흉흉할수록 사랑에 매진해보렵니다. 그래야 바닥을 딛고 올라갈 수 있을 테니까요.

───── 사랑꾼 기자 crazyinlove@j*.kr

304

영화 '부산행'

사랑하고 싶다면, 어디든 떠나라!

연애를
영화로
배웠네

서울 한복판에 정체불명의 바이러스가 퍼졌다.

일단 감염되면 연애 세포가 급격히 파괴되어 사랑을 할 수도, 사랑을
받을 수도 없는 상태가 된다. 사람들은 속된 말로 이를 '연애고자 바
이러스'라 불렀다. 그리고 감염자들은 '연애 좀비'가 됐다. 오로지 먹
고, 싸고, 악다구니 치며 싸우는 것이 전부인 삶. "사랑이 뭐냐?"고 물
으면 "그건 먹는 거냐?"고 되묻는 상태.

나는 지금 이 바이러스에 감염됐다

연애를 안 한 지 오래된 사람의 경우, 이 바이러스에 특히 취약한 것

으로 알려졌다. 나는 광화문 네거리에 멍한 얼굴로 서 있다. 눈앞에 한 커플이 손을 잡고 지나갔다. 화가 치밀어 그 사이를 가로질러 갈까 하다가, 갑자기 달콤한 음식 냄새가 나서 고개를 돌렸지만 혼자서 맛집에 갈 수 없다는 생각에 다시 화가 났다. 고층 빌딩에 걸린 전광판에선 시사 프로그램이 무료하게 반복되고 있었다. 한 의학박사가 출연해 최근 사회 문제가 되고 있는 '연애 좀비'들의 증상을 설명했다. 그 증상은 다음과 같았다.

성욕 감퇴

오랜 금욕생활로 성욕이 사라진다. 안 하다(?) 보면 정말 안 해도 괜찮은 상태가 되고, 그러면 안 하고 싶어진다는 것. 대신 왕성한 식욕이 이를 대체한다.

방바닥 성애

'귀차니즘'이 극에 달해 방바닥을 사랑하게 된다. 영화 '부산행'의 좀비가 전력질주를 즐긴다면, 연애 좀비는 방바닥을 굴러다닌다는 게 차이점이다.

"

오래전 사랑에 울고 웃었던
순진한 소녀의 얼굴이 아른거렸다.
그때 소녀는 조건 없이 사랑하고,
그 사랑 때문에 행복했는데.

"

'심쿵' 제로

심장이 두근두근한 게 무슨 기분인지 잊어버리게 된다. 드라마 'W' 의 '만찢남(만화를 찢고 나온 듯한 남자)' 강철(이종석 분)을 봐도, '닥터스'의 스위트가이 홍지홍(김래원 분) 선생을 봐도 심장은 미동도 하지 않는다. 내 심장이 고장났나 봐.

사회성 퇴화

연애와 결혼을 종용하는 인간들과 자연히 멀어진다. 부모와도 멀어진다는 게 단점.

연애혐오

연애지상주의자들이 꼴 보기 싫어진다. 커플들이 눈앞에서 '꽁냥꽁냥' 거릴 때 화가 치민다. "거 참, 집에 가서 하시죠"라는 말이 튀어나올 것 같다. 진짜 튀어나오면 막장이다.

박사는 이 다섯 가지 중에서 세 가지만 해당해도 연애 좀비라고 했다. 나는 영락없는 연애 좀비였다. 지금 서울은 연애 좀비들이 즐비했다. 그 사이를 걷고 있을 때면 사하라 사막 모래 위에 맨 얼굴을 부비는 것처럼 황량했다. 건조하거나 찌푸리거나 성난 얼굴로 좀비들은 홀로 시간을 견디고 있었다.

전문가들은 너도나도 이 바이러스의 정체를 밝혀내기 위해 머리를 굴렸다. 가장 설득력을 얻고 있는 가설은 '팍팍설'이었다. 먹고살기가 하도 팍팍해서 연애의 우선순위가 뒤로 밀렸다는 거다. 생존도 힘든 판국에 연애 세포가 설 자리를 잃고 자연히 퇴화했다는 게 중론이었다.

물론 이 와중에도 개인에게 원인을 돌리는 사람이 있었다. 개인이 무능하거나 못생겨서, 매력이 없어서 연애를 못 하는 것인데 왜 세상 탓을 하냐는 거다. 한 고위 공무원은 "개, 돼지도 연애를 하는데…"라고 발언해서 물의를 일으키기도 했다.

나는 도대체 무엇이 나를 이런 상태로 만든 것인가 생각하며 걷고 또 걸었다. 치료법은 없었다. 검은 사제들은 악령이 씐 것이라며 좀비를 눕히고 구마 의식을 벌였고, 무당은 "뭣이 중하냐"며 좀비 앞에서 칼춤을 추고 굿을 했다. 낭만주의자들은 "그래도 사랑뿐"이라며 좀비 상태를 면할 방법은 무한한 사랑밖에 없다고 했다. 세상이 점점 괴기해지고 있는 중이었다.

정처 없이 걷다 보니 어느새 서울역에 닿아 있었다.

확성기를 든 남자가 내 앞을 지나갔다. 그는 머리에 '부산행'이란 머리띠를 두르고 전단지를 나눠주고 있었다.

"좀비 자매님, 부산에 가셔야 합니다. 그곳엔 사랑이 있어요. 연애하고 싶다면 부산행 열차에 오르세요."

나는 멍한 얼굴로 전단지를 구겨 바닥에 던졌다. 그러고는 이내 쓸쓸해졌다. '사랑'이란 고릿적 단어를 듣고 나니 울적해졌다. 오래전 사랑에 울고 웃었던 순진한 소녀의 얼굴이 아른거렸다. 그때 소녀는 조건 없이 사랑하고, 그 사랑 때문에 행복했는데.

나는 서울역을 한 바퀴 돌아 확성기를 든 남자 앞에 다시 섰다.

"정말인가요?"

남자는 말없이 다시 전단지를 건넸다. 거기엔 싱그러운 소년과 소녀가 해변을 뛰어노는 사진이 실려 있었다. 부산에 가면 모래사장과 바닷바람이 있고 밀면과 싱싱한 회가 있으며 해운대에선 급만남이 자연스럽게 성사된다고 했다.

불현듯 나는 그곳이 부산이 아니더라도 떠나야겠다는 생각이 들었다.

어딘가에 사랑의 전당이 남아 있을 거라고. 무능해도, 못생겨도, 나이가 많아도, 돈이 없어도, 누구도 상처받지 않고 좋아하는 사람과 맺어질 수 있는 연애의 파라다이스가 있을 거라고 믿고 싶어졌다. 그래서 연애 좀비들이 모두 사랑꾼이 되는 그날이 올 거라고.

연애 좀비에게 사랑을 허하라.

지금 나는 열차에 오르는 중이다.

—— 486만 486번째 감염자 gogobusan@j*.kr

영화 '비포 선라이즈',

나의 에단 호크를 찾아서

**연애를
여행으로
배웠네**

이게 다 영화 '비포 선라이즈' 때문입니다. 유럽의 어느 열차 칸에서 에단 호크를 만나야겠다는 다짐을 하게 된 건요, 미천한 중생이었지요, 사회 초년병 시절이었습니다. 로마 인, 파리 아웃 왕복 티켓을 끊고, 마음이 있는 대로 부풀었습니다. 일단 유럽에 가면 당신을 만날 수 있을 것 같았습니다.

비행기를 타기 전부터 마음이 두근두근 했습니다. 왠지 옆 자리에 에단 호크가 앉을 것 같았거든요. 10시간 넘게 이야기를 할 수 있는 '단독 찬스'가 될 테니까요. 그런데 이게 뭐람. 창가 자리에 앉자마자 제 옆으로 아주머니 두 분이 나란히 앉으시더군요.

"아유, 아가씨 혼자 가나 봐. 애인은 있고?"

행복해 보였습니다. 자식들이 효도 관광을 보내준 거라네요. 10시간 넘게 아주머니들의 수다에 동참했습니다. 아주머니들께 탈탈 털리고 보니 진이 빠졌습니다. '그래, 이제 시작이니까.'

로마의 가을은 청명했습니다. 왔노라, 보았노라, 사귀었노라를 마음에 새기고 예약해두었던 한인 민박집으로 향했습니다. 여행의 매력이란 출신 성분이나 사회적 배경을 제쳐두고 본연의 나 자신으로 돌아가는 것이겠지요.

누구를 만나더라도 우리는 벌거벗고(심적으로) 만날 수 있습니다. 꿈에 부풀어 민박집에 들어섰습니다. 일단 사람이 많더라고요. 남자도 많고요. 그런데 스무 살 꼬맹이들이란 게 문제였습니다.

"누나, 누나! 맛있는 거 사줘요!!"

어찌나 다들 넉살이 좋던지요. 저는 졸지에 유치원 교사가 되었습니다. 아이들을 이끌고 로마의 밤거리를 걸었습니다. 트레비 분수에서 괜히 뒤돌아 동전도 던져보고 스페인 광장도 하이에나처럼 어슬렁거려 보았습니다.

BEFORE SUNRISE, 1995

"

비행기를 타기 전부터 마음이 두근두근 했습니다.
왠지 옆 자리에 에단 호크가 앉을 것 같았거든요.

"

애들이 목이 마르다면 술을 사주고, 입이 심심하다면 아이스크림을 사줬습니다. '그래, 배낭여행객들이 무슨 돈이 있겠니.' 그런데 뭐랄까요. 남 걱정하다가 로마에서 제가 거지가 될 판이었어요. 홀쩍.

파리에서 기다릴게요

피렌체로 향했습니다. 기차에서는 아무 일도 벌어지지 않았습니다. 로마의 밤거리를 어찌나 '파워 워킹'했던지 곯아떨어져 버렸거든요. 피렌체에서 저는 진정 혼자였습니다. 괜히 두오모 꼭대기에 올라 '냉정과 열정 사이'의 아오이와 준세이를 흉내 내봤습니다. 찬바람이 얼굴을 때렸습니다. 더 서글퍼졌습니다.

베니스의 아침이 밝았습니다. 두둥. 저는 이곳 민박집에서 드디어 에단 호크 '비스무리한'남자를 만났습니다. 신은 저를 버리지 않으셨더라고요. 괜찮은 청년이었고, 말도 잘 통했습니다. 이상하게 일정이 맞아서(맞춰서) 함께 여행을 다녔습니다. 페리를 타고 인근 무라노 섬과 부라노 섬을 돌아보며 꿈만 같은 시간을 보냈습니다.

그리고 그날 저녁! 우리는 술을 마시기로 했습니다. 유후. 취기가 오르고, 분위기도 무르익었습니다.

"문자 왔성! 문자 왔성!"

호크님의 방정맞은 문자 알림음이 들렸습니다. 문자를 재빨리 확인한 호크의 낯빛이 변하기 시작했습니다. 그러더니 갑자기 훌쩍거리더군요. '이건, 뭐지. 나를 만난 게 그렇게 감격스러운가.'

"왜 그래, 왜 울어? 무슨 일이야."
"나 사실…. 여자친구가 있었는데, 갑자기 헤어지자고 하길래 열받아서 비행기를 탄 거야. 그런데 지금 연락이 왔어. 자기가 미안하대. 내가 보고 싶대."
"아….."

제기랄. 저는 이역만리 베니스의 술집에서 우는 아이를 한참 달래다가 숙소로 돌아왔습니다. 아. 베니스에도 신은 없었습니다.

마지막 행선지인 파리에서 저는 헛된 욕망을 버리고 관광에 집중했습니다. 하지만 단 한 곳, 꼭 가봐야 할 데가 있었습니다.

'비포 선라이즈'에서 헤어진 두 사람이 9년 후 재회했던 '비포 선셋' 기억하시죠. 두 사람이 다시 만난 곳이 바로 파리의 '셰익스피어 앤드 컴퍼니'라는 작은 서점이었습니다. 마침내 이 서점에 당도한 저는 한참을 기다리고 기다렸습니다. 당신은 나타나지 않더군요.

저는 누구를 기다린 것일까요. 저는 서점에 딱 한 권 남았던 '비포 선라이즈'와 '비포 선셋' 대본집을 샀습니다. 그 책을 가슴에 품고 스스로를 다독였습니다. '이걸로 됐다. 이걸로 된 거야.'

에필로그

그렇게 '영화는 영화일 뿐'이라고 몸소 겪고 나서도, 또다시 열차 칸에서 우연히 당신을 만나기를 고대합니다. 가보기 전엔 모르는 게 여행의 매력이라고, 생각해보고 싶습니다. 에단 호크는 '비포 선라이즈'에서 이렇게 말합니다.

> "사랑은 혼자되기 두려운 두 사람의 도피 같아. 무조건 주는 게 사랑이라는 건 다 개소리야. 사랑은 이기적이지."

미리 공지해드릴게요. 8월 셋째 주 수요일 오후 3시, 파리의 '셰익스피어 앤드 컴퍼니' 서점에서 혼자되기 두려운 당신을 기다리겠습니다. 그러니까 거기서 만나요.

———— 줄리 델피 기자 MeetMeThere@j*.kr

징글맞은 연애와 그 후의 일상

초판 1쇄 2017년 6월 23일
초판 2쇄 2017년 9월 28일

지은이 | 김호정, 김효은, 송원섭, 이영희, 정아람

발행인 | 이상언
제작총괄 | 이정아
책임편집 | 조한별
디자인총괄 | 이선정
디자인 | 김진혜
조판 | 김미연
그림 | 임유끼 / @imyoukki

발행처 | 중앙일보플러스(주)
주소 | (04517) 서울시 중구 통일로 92 에이스타워 4층
등록 | 2008년 1월 25일 제2014-000178호
판매 | 1588-0950
제작 | (02) 6416-3950
홈페이지 | www.joongangbooks.co.kr
페이스북 | www.facebook.com/hellojbooks

© 김호정, 김효은, 송원섭, 이영희, 정아람, 2017

ISBN 978-89-278-0868-8 03810

중앙북스는 중앙일보플러스(주)의 단행본 출판 브랜드입니다.